마음

윤이주장편소설

마음

제1판 제1쇄 인쇄 2013년 2월 25일
제1판 제1쇄 발행 2013년 2월 28일

지은이 윤이주
펴낸이 소종민

마케팅 (주)작은숲
디자인 비단길&봉구네
제작 (주)아이엠피

펴낸곳 도서출판 무늬
등록번호 제441-2010-000003호
주소 363-831 충북 청원군 문의면 노현리 557
전화 043-283-2595
팩스 043-283-2591
홈페이지 http://cafe.daum.net/muneui
이메일 muneui@hanmail.net

ⓒ 윤이주

ISBN 978-89-969846-0-3   03810
값 11,000원

윤이주 장편소설

마음

무늬

차례

1. 남쪽을 향해

젊은 여자

그것은 참으로 이상한 일이었다. 청회색 여명은 밝아 오는데, 젊은 여자가 살며시 침대에서 일어나 부스스한 머리를 정돈하는 일도 없었고, 길고양이 몇 놈이 주차장에 세워진 흰 차 뒤에서 나와 어슬렁어슬렁 동네를 배회하지도 않았으며, 원룸 앞에서 늙은 청소부가 빗자루와 쓰레받기를 들고 일하는 풍경도 없었고, 설령 청소부가 성실히 제 일을 했다 해도 그 청소부에게 적은 월급이라도 줄 사람도 더는 없었다. 다만 몇 마리의 참새들이 굳이 위태롭게, 더는 제 기능을 못하는 전봇대에 앉아 우짖는 소리는 조금 있었다.

그 때 땅이 크게 흔들리고 바람을 타고 사람들 사이로 독이 퍼졌을 때, 많은 사람들이 쓸모없는 것들과 함께 떠났다. 그러나 무리에 섞여 함께 떠나지 못한 이들이 있었는데 하나 아쉬운 것은, 그들이 이제 이 땅 위에서 편히 살아가기가 힘들어졌단 거였다. 땅 위의 넝쿨들이 건물의 잔해를 타고 올라가 무수한 숲을 이루는 일은 아직 멀었고, 문득 남겨진 이들을 생각하여, 떠난 무리 스스로 되돌아오는 일은 앞으로도 계속 없을 테니.

그러니 남겨진 이들은 스스로, 혼자서 혹은 무리지어, 하루하루를 그들 나름의 방식으로 아주 기본적인 것부터 만들어나가야 했다. 그런 운명에 놓인 젊은 여자 하나가 있는데, 사람과 함께일 땐 대학생이었다. 그리고 작가였다. 부모 없이 못 성질 나쁜 친척들만 수두룩해 그녀 스스로 밖에서도 안에서도 고립해 살아온 이였다.

아무튼 자신이 아직 어리다고 여겼고, 혼자서 상황을 타개할 능력도 아직은 부족했지만 그녀는 혼자서 한 달 넘도록 이 폐허의 거리에서 살아가고 있었다.

그녀는 다른 낙오자들을 찾아 떠날까도 생각해 봤다. 그러나 이내 마음을 접었다. 누군가를 만나 사귀는 일은 사람들이 정답게 어울려 살던 시기에도 그녀의 취약지점 아니었던가. 그런데도 그녀는 배낭을 챙겨 메고 죽은 짐승의 내장처럼 썩은 내를 풍기는 쓰레기통을 밀치며 일어섰다.

길을 떠날 참이었다. 그녀가 갈 곳을 정하는 일이 크게 어려운 건 아니었다. 부모가 아직 그녀 곁에 있었을 때, 그들이 함께 살던 저 남쪽의 집, 그녀가 그곳을 기억해 냈으므로. 갑자기 부지불식간에 그 집이 그녀의 기억에 떠올랐으므로.

그 기억을 지금 막 떠올린 그녀, 그게 바로 나였다.

상상력의 끝

끊긴 전선에서 작은 스파크가 일고 빼곡히 모인 상가의 간판이 떨어져 나간 등의 일은 그다지 중요하지 않았다. 밤에 어디서 잠을 자든 나를 위협하는 건 약간의 추위뿐이었다. 그런데도 내가 괴로워하고 상심하는 건 이 적막 때문이다.

풍경은 생각보다 처참하지 않다. 어떤 집들은 너무 멀쩡하고 길가에 심어진 어린 나무는 바람을 맞아 잎을 흔들기도 한다. 그런데도 이곳이 폐허라는 인상을 주는 건 비단 끊어지고 갈라진 길들 탓만은 아니었다. 한없이 고요한 이 풍경에 있었다. 고요는 사람들이 없다는 데 기인하는 것 같았다. 스펙터클한 재난은 순식간에 지나가고 정지에 가까운 고요만 남았다. 사람은 사라졌으나 도시는, 숲은, 길은, 하늘은, 바람은 존재하는 것. 그러한 비참을 바라볼 사람은 거기에서 빠져있다는 것이 재난의 끔찍함이었다.

우리들 상상력의 끝. 결과로서의 현재. 그걸 함께 볼 사람이 없다는 생각은 나의 외로움을 가중시켰다.

도시풍경

벽돌과 콘크리트 산 뒤에서 태양이 떠오르기 시작하면 허물어진 도시는 따뜻하게 부풀어 올랐다. 빛을 가릴 높은 건물 따윈 없었다. 커다란 그늘이 사라진 세상, 그게 요즘의 세상이었다. 마치 태어날 때부터 그랬다는 듯 (실제로 그럴 지도 모르겠다) 앞발 한 짝이 유달리 짧은데다 그 몸에서 엉덩이와 뒷발을 찾아볼 수 없는 검은 고양이의 사체는, 불이 나간 네온사인 광고판과 쌓아올려진 자동차 타이어가 만든 지붕 아래에 거둬지지도 못한 채 널브러져 있었고, 주홍의 빛을 거두지 않은 채 쓰러진 가로등 역시 내가 가는 길을 막으려 했다. 땅과 입을 맞추고 있는 모든 구조물 덕에 나는 태양이 비추이는 도시의 폐허를 더 잘 볼 수 있었다.

무너진 다리 건너편의 할인마트와 그 옆의 영화관, 영화관 주차장의 철골구조물과 찌그러져 켜켜이 쌓인 차들이 드러났다.

선반 칸칸이 들어차 있던 수건들이 묻혔고 웨딩드레스를 입은 마네킹이 묻혔고 책방의 수많은 책들이 묻혔으며 사람들의 걸음들 역시 묻히고 만 곳. 백화점 앞에 당당하던 당간 지주는 허물어졌으나 위태롭던 아시바는 살아남아 무너진 백화점과 이동통신사와 24시간 빛나던 편의점 불빛들의 잔해를 굽어보고 있었다. 다이소도 은행도 다 사라졌다. 내려앉았다. 가라앉았다.

천변에 심겨 그늘을 자랑하던 오래된 나무들도 다 뽑혀버렸다. 벌레 먹은 구멍 하나가 없던 짙푸른 초록의 잎들이 이제 더는 없었다. 그것들은, 결코 은은한 빛을 받아서가 아니었다. 한창의 여름인데도 잎은 황갈색으로 부자연스레 물들고 있었다. 화단의 꽃들 역시 술이 없거나 받침이 없는 채로 흩어졌다. 와중에 새롭게 진화한 어떤 꽃잎은 겹으로 열한 장이 싸여서 이제 아름다움을 대표할 것도 못 될 흉물이었다.

나는 대재앙 직전에 새로 산 고급 운동화를 신은 발로 비둘기의 내장을 터뜨리며 도시를 걸어 나갔다. 시계의 나침반이 알려주는 대로 남쪽으로 방향을 잡고서.

남쪽 그 집의 쪽마루

- 숲에 날아온 새가 있었네 새가 울면 숲이 울었지
  우리는 들었네 푸른 바람소리 미미야 미미야 어딨니
  미미는 우리 애기 새가 울면 우리 애기 잠에서 깨네
  여기있어요 여기있어요 미미가 숲으로 가네
  바람을 따라 새를 찾아 미미는 가네 미미가 가네

아이는 다섯 살이었다. 행복한 마루가 있었다. 아빠가 기타를
연주하면 엄마는 노래를 불렀다.

- 미미는 우리 애기. 미미는 우리 애기.

노래는 거기까지였다면 좋았을 것이다. 더 이상의 노랫말은
없어도 좋았을 것이다. 엄마의 노랫가사는 언제나 이상했다. 가
족의 불행이 엄마의 그 노래에서 비롯되었다고 아이를 벗어나
며 나는 곧바로 그렇게 생각하기로 작정했다. 아마 그때부터였
을 것이다. 엄마는 나에게 도무지 알 수 없는 사람, 화해할 수 없
는 적이 되었다.

쪽마루가 있는 그 집으로 향하는 건 아무래도 그 집이 온전치
못할 거라는 생각에서였다.

쪽마루 따위에 고통당할 일이 없으니 이제 난 그 집에 가서 길고 긴 잠을 자도 좋을 거였다.

이 도시에서 목숨을 부지해야할 아무런 이유가 없자, 그 집이 떠올랐다. 그 집 마루에 누워 깨지 않을 긴 잠에 빠지는 것, 그게 나의 유일한 소망이 되었다. 잠들기 전, 아빠의 연주소릴 듣게 된다면 이 세상에서 내가 받은 가장 큰 선물일 거였다.

남자

내 옆을 무언가 쌩- 하니 달려 나갔다. 그러한 속도는 오랜만이었다. 나는 걸음을 멈추었다. 자전거였다. 순식간에 멀어지던 자전거가 방향을 돌려 다시 달려오고 있었다. 역시 빠른 속도였다.

"어디까지 갑니까?"

손수건으로 코와 입을 가리고 있는 사람은 예상대로 남자였다.

"남쪽으로요."

내가 말했다. 그가 타고 있는 건 이제는 보기도 어려운 짐자전거였다. 짐받이에 묶어 놓은 가죽가방을 풀어 어깨에 대각선으로 메며 그가 말했다.

"타요."

그리하여 나는 한 시간 가량 그의 자전거를 타고 길을 달려 온 거였다. 목에 둘렀던 스카프를 풀어 그이처럼 코와 입을 가리고서.

살집이 있는 엉덩이였으나 뼈가 얼얼했다. 달리는 자전거에서 뛰어내려 고꾸라지는 게 낫겠다고 여겨질 즈음 우리는 나무 벤치가 있는 숲에 이르렀다. 그가 자전거를 세웠고 나는 두 다리를 땅에 내려놓았다.

"이런 곳이 간혹 남아 있다는 소문이 사실이군요."

받침대를 내려 자전거를 고정한 그가 말했다.

우리는 숲 앞에 도달해 있었다. 바람에 살랑대는 숲을 바라보던 눈길을 그에게 옮겼다.

얼굴을 가렸던 손수건이 그의 목에 매어져 있었다. 달포 만에 보는 사람의 얼굴은 감동적이었다.

그 얼굴엔 바람이 드나들며 새겨놓은 길들이 빗금으로 새겨져 있었다. 세찬 광풍이 아니라 고요한 미풍이 얼굴에 새겨놓은 그것을 세월이라 해도 무방했다. 잔 빗금들이 드러내는 얼굴에 깊은 우물처럼 놓인 두 눈. 얇은 눈꺼풀이 가려도 그 껍질 뒤에서 스스로 드러나는 두 개의 고요. 깜짝 놀라는 기미마저 잔잔한 여운으로 감도는 그 두 눈.

나 역시 그 눈앞에서 스카프를 푸는 게 예의 같았다.

그 역시 사람의 얼굴을 보는 게 꽤나 오랜만인지 한동안 내 얼굴을 바라볼 뿐 말이 없었다.

"오늘은 여기서 묵는 게 좋겠네요."

남자의 얼굴을 바라보느라 지체된 눈길을 숲으로 던지며 내가 말했다.

숲

온전한 숲이었다. 숲엔 백만 가지의 초록이 뒤섞여 있었다. 거기에 깃든 백만 마리 새들의 입엔 그 다채로운 음영의 초록이 물려있었다. 싱그러운 바람이 얼굴을 핥았다. 안타깝게도 이 온전한 곳에 나와 그 외에 더는 사람이 없었다. 숲이 뿜어내는 이 상쾌한 공기를 단 둘이만 맡는다는 게 낭비며 사치 같아서, 처음에 나는 숨을 조심스럽게 끊어 쉬었다.

나무와 나무 사이에 해먹이 걸려 있었다. 사람들이 모두 함께 살던 그 시기의 것일 해먹이 바람을 타며 흔들리고 있었다.

"두 개였다면 좋았을 텐데."

남자가 말했다.

"난 괜찮아요. 내겐 침낭이 있어요. 저기 벤치도 있고."

내가 말했다.

"그래요, 그럼."

그는 능숙하게 해먹에 드러눕더니 바로 눈을 감았다. 나는 아직 피로하지 않았다. 천천히 숲을 돌며 피가 몰려 통통 부어버린 두 다리를 풀 참이었다.

숲은 그다지 규모가 큰 건 아니었다. 천천히 걸어도 두 시간이면 다 돌 수 있는 규모였다. 남자는 내가 다시 해먹 앞에 와 설 때까지 잠에 빠져 흔들렸다. 달콤한 잠인 게 분명했다.

노래

우리는 나뭇가지를 주워와 불을 지폈다. 내 배낭엔 코펠과 라면 두 개가 있었다. 된장을 담은 사각 플라스틱 통 하나와 함께. 나의 먹을거리는 그게 전부였다. 그의 가죽 가방엔 커다란 성냥곽 하나와 사람들이 함께 살 때의 광고가 붙은(주로 음식점이거나 술집, 대리운전 등이었다) 라이터를 모아 둔 비닐봉지 하나와 두 권의 책이 들어있었다. 말하자면 그의 가방엔 먹을 게하나도 들어있지 않았던 것이다. 손수건에 잘 쌓인 수저 한 쌍은 완전히 새것처럼 보였지만, 수저로 뭔가를 먹는 거지 수저를 먹을 수는 없다는 걸 그도 잘 알겠기에 나는 그저 어깨를 한

번 으쓱해 보였다.

"저쪽으로 삼백 보 쯤 가면 제법 큰 옹달샘이 있어요."

가장 큰 냄비를 건네며 내가 말했다.

냄비 가득 물을 담아 걸어오는 그의 걸음걸이가 조심스러웠다. 나는 그의 걸음을 바라보며 모닥불 곁에 그림처럼 그렇게 앉아 있었다.

라면 하나를 둘이 나눠 먹었다. 무슨 잎인지 알 수 없었으나 미나리와 비슷한 식물을 넣어 끓인 라면은 맛이 좋았다. 남은 물로 커피를 한잔 끓여 먹으면 좋겠다 싶었지만 그 역시 사치스런 생각이었다. 플라스틱 작은 주발에 물을 덜어 입가심을 했다. 그것만으로도 훌륭했다.

단잠과 식사에 만족했는지 먹은 그릇을 물로 헹궈내며 흥얼흥얼 그가 노래를 읊조렸다.

- 부는 바람아 너는 나의 힘, 가는 구름아 너는 나의 꿈.

엄마

오랜만에 들어본 노래였으나 나는 마음이 좋지 않았다. 그가 부르는 저 노래는 엄마의 십팔번이었다.

몽상가처럼 엄마는 아릿한 꿈들을 드러낸 눈을 해서 노래하곤 했었다.

　마루가 있는 집을 떠난 우리는 소도시의 산동네로 이사를 했
다. 근처에 엄마아빠의 친구들이 모여들었다. 열 살 무렵이었다.
너댓 명의 어른들과 너댓 명의 아이들이 함께 밥을 먹었다. 차
지고 따끈따끈하던 밥. 아이들은 정신없이 수저를 놀렸고 그럴
때면 어른들은 수저질을 늦추곤 하였다. 이 방 저 방 돌아다니
는 떠들썩한 아이들을 대화의 표면에 띄우다가도 그들은 이내
자신들의 세계로 빠져들곤 했다.

　"만월은 오늘밤 그 밀가루 포대를 어디다 두었지?"

　노래를 그치면 엄마는 남의 글을 읊조리곤 했다.

　"네루다로군요."

　누군가 말했다. 만월의 밤에 그들은 게임을 하며 먼 나라를
항해하기도 했다.

　엄마는 조정자는 아니었으나 매 상황에서 늘 중심에 있었다.
어린 나에게 어른들의 세계는 퍽 흥미진진했다. 선망하는 오빠
가 있었고 동경하는 언니가 있었지만, 아주 가끔은 피로했고 그
러면 나는 아빠의 무릎으로 다가가 그 위에 올라앉곤 했다. 옆
에 엄마가 있을 때조차도 나는 아빠를 찾았다. 엄마를 믿지 못
한 것은 아니었다. 사실대로 말하자면 엄마는 아무리 가까이 있

어도 언제나 먼 꿈이었다.

다른 엄마들과 달리 엄마는 특별한 '자기'를 드러내는 데 주저하지 않았다. 그리하여 어린 나에게 있어 아빠는 담배를 피우면 안 되었지만 엄마는 상관없었다. 딸과의 약속을 아빠는 꼭 지켜야 했지만 엄마는 가끔 지켜주는 것만으로도 용서가 되었다. 그야말로 엄마는 모든 것에서 용서가 되었다.

그 시절, 그 아이에게 엄마만큼 특별한 사람은 없었다.

엄마는 자주 집을 비웠고 아빠도 운영하던 헌책방에서 자는 일이 잦았다. 아빠는 엄마가 마치 자신과 함께 있다는 양으로 행동했지만 나는 이미 엄마아빠가 따로 살고 있다는 걸 알았다. '엄마친구가 쓰는 방이란다', '인희 이모 알지? 이모가 얻은 작업실이야' 하며 엄마는 가끔 자신의 공간을 나에게도 나눠주었다. 아빠의 책방에서 걸어서 채 5분이 안 되는 거리들에 엄마의 방이 있었다. 아빠와 아무리 가까웠어도 엄마에겐 다른 방이 있었다.

살아있다면 이제 쉰 넷. 나는 쉰 넷의 엄마를 그려낼 수 없다. 스트레스를 받아 미간을 찡그리거나 심술을 잔뜩 매달고 있는 중늙은 엄마 대신에 여전히 '부는 바람아 너는 나의 힘, 가는 구름아 너는 나의 꿈' 하며 목청 높여 노랠 뽑고 있는 엄마만 떠오를 뿐이다. 도대체 엄마가 가족으로부터, 그리고 하나뿐인 딸에게조차 보호하려고 했던 엄마의 '자기'는 무엇이었을까?

새벽의 품

조용히 그가 다가왔다가 사라진다. 그의 모습은 어디에도 없고 날 부르는 목소리도 없었지만 나는 그의 체취를 느낀다. 그를 놓치고 싶지 않다. 나는 다리 난간에 잠시 몸을 기대고 눈을 감는다. 다시 그의 체취가 맡아진다. 나른한 울렁거림이 시작되더니 드디어 그가 보인다.

그가 길을 가고 있다. 그 길은 차량이 질주하는 고속도로 옆에 나란히 놓인 오솔길이다. 그는 자동차 대신에 자전거를 타고 그 길을 가고 있다. 하필이면 오고 있는 게 아니라 가고 있다. 멀어져가는 그를 안타깝게 여기자 갑자기 그가 자전거를 돌려 나를 향해 달려왔다.

나는 두 팔을 흔들며 그를 맞을 참인데 그는 나를 놓쳐버린다.

그의 자전거는 이제 더욱 외지고 어두운 산길로 접어들고 말았다. 그가 허둥댄다. 나는 길 뒤에서 그의 허둥댐을 속수무책으로 지켜볼 뿐이다.

그는 산모롱이를 지난다. 작은 마을에 이르러 그가 자전거를 세우고 길을 묻는다. 노인네의 목소리를 이 먼 곳에 있는 나 역시 들을 수 있다.

"거긴 이 산모롱이만 넘어가면 금방이라우. 그런데 길이 없다는 게 문제지. 여긴 기차밖에 없어. 기차를 타면 이녁이 찾는 마을 근처까지 갈 수는 있지. 그런데 또 문제는 그 역에서도 이녁이 찾는 마을까지 가자면 또 한참이란 말이지. 꼭 오늘 안에 당도해야 한다면 그러니까 기차도 소용이 없어. 물론 여기서 이 산모롱이를 돌면 바로 그 마을인 건 분명해. 그런데 여기에서 그리로 가는 길은 없다니까. 그게 문제란 말이지. 빤히 보이는데 길은 없거든. 참 이상하지. 그런데 이녁은 어쩌다가 여기를 왔나? 길이 없었을 텐데."

그가 대답한다.

"길을 따라 왔습니다. 자전거로 달릴 만큼 좋은 길이던데요. 그 길을 따라온 거에요. 지나쳐온 곳이어서 그 마을을 어르신께 설명할 수 있는 거구요. 한 소녀가 손을 흔들고 있었어요. 그 길에서 그 소녀가 날 기다리고 있어요. 그 길밖에 없는 길을 내달려왔는데 이 길은 다른 길이네요. 그 소녀가 동그랗게 눈을 뜨고 내 등을 바라보던 그 길을 달려온 게 채 십 분도 안 되었는데, 이럴 수도 있나요?"

그의 얼굴을 보려고 급히 장면을 클로즈업하면서 나는 모든 걸 잃고 말았다.

꿈치고는 그와 그의 행로가 너무나 선명했다. 선명했으나 눈을 뜨자 감쪽같이 사라지고 없었다.

서늘하다거나 슬프다는 느낌도 없이 사라지는 것들이 있다. 비단 기억나지 않는 꿈만이 아니다.

여기에 살던 사람들은 다 어디로 갔는가?

다 쓸모없는 짓이었다.

실제 하는 것은 없다. 사람들 모두가 그 리얼한 것 하나를 구하려고 무한 욕망을 가동시켰지만 실제에 도달했다고 여겨진 그 순간, 뚜껑을 열어보면 아무 것도 없다. 아무 것도 없었다.

눈을 떴을 때 나는 새벽의 품에 안겨 있었다. 뒤에서 가만히 나를 껴안고 잠든 그를 나는 새벽이라고 부르기로 했다.

나는 새벽에게 물었다.

화해할 수 없는 적들이라 할지라도 밤이 되어 잠이 들고 꿈의 세계에서 다시 만나면 형제가 되는 것일까?

꽃은 어디에서 오는 것일까?

속엣말이었으니 물론 대답은 없었다. 그래도 좋았다. 새벽의 품에 안겨있다는 이 실감이면 충분했다.

21

떨어지는 나뭇잎

나는 이곳에다 둥지를 틀기를 바랐지만 새벽씨는 새벽을 지나 아침을 지나 점심 무렵에 그럴 수 없다며 혼자 떠났다. 꼭 찾아야 하는 사람이 있다는 그를 나는 따라가지 않았다.

오랜만에 본 사람에게 연정을 품고 그 정을 거두기까지는 한나절이면 충분했다. 사람에게 목말라 있었기에 마음이 초스피드를 내어 그렇게 나란 것을 관통했을 뿐이었다.

나는 혼자서 이 온전한 숲을 차지하게 되었다. 낮엔 해먹에서 놀고 밤엔 벤치에 침낭을 펴고 누워 오롯이 내 것인 밤하늘을 바라보며 보냈다.

그는 이곳을 안다. 그러니 돌아올 것이다. 아주 지루해지면 나는 새벽씨를 기다리는 역할놀이를 하며 놀았다. 그러므로 기다림은 지루하지 않았다. 처음엔 지루하지 않았으나 나중엔 말할수 없이 지루했다. 그렇게 1년을 보냈다. 1년 만에 나뭇잎 하나가 떨어져 내리는 걸 볼 때까지 나는 숲에 머물렀다.

나뭇잎은 아주 천천히 땅에 내려앉았다. 나는 나뭇잎이 땅에 내려앉을 때까지 기다렸다. 그리고는 배낭을 꾸려 숲을 떠났다.

나 혼자만으로도 숲은 황폐해진 모양 길에 나와 바라보니 매끄럽던 초록의 테두리에 군데군데 이가 빠져 있었다. 나를 위해

토해낸 숨결로 그들이 야위어 있었다. 숲에게 미안했다. 오랜만에 떠나간 새벽을 떠올렸다.

숲과 숲으로 떠오른 해를 왼편에 두고 나는 다시 남쪽으로 향했다.

또 다시 자전거를 만나면 어찌할지 잠깐 고민이 되기도 했다. 그러나 이번엔 기필코 그 집의 쪽마루에서 긴 잠에 빠질 참이었다. 나는 각오가 만만했다.

다시 거리로

내가 숲에 머문 시간만큼 거리는 더 녹슬어 있었다. 그 녹슨 폐허를 바라보는 일이 생각보다 쉽지 않았다. 여기저기 구덩이에 구덩이만큼의 썩은 내가 고여 있었다.

다시 숲으로 돌아가고 싶었지만 좀 전에 내가 다진 각오가 발목을 잡았다. 나는 남쪽으로 걸음을 떼며 다시 각오를 단단히 했다. 누렇게 바랜 손수건으로 코와 입을 막았다.

태양은 조금 더 어둔 빛이었고 대기는 약간 더 쌀쌀했을 뿐, 여전히 한뎃잠을 자기엔 무방했다.

곰이

나를 따라오는 개 한 마리가 신경에 거슬려 여러 번 놈을 쫓았다. 발을 구르며 으름장을 놓았지만 그때뿐이었다. 그래서 나는 그냥 두기로 했다. 놈의 고독도 어지간하다고 봐 주기로 한 거였다.

이름도 하나 지어줬다. 곰이.

생긴 게 꼭 불곰 같았다. 전체적으로 꽤나 잘 생긴 놈이었다. 잡종의 포메라니안으로 보였다. 회갈색의 털은 멋졌지만 네 다리가 짤막해서 개구쟁이 같은 인상을 풍겼는데 실제로도 놈은 개구졌다.

"곰이, 쉬어 가자."

내가 불룩 솟은 길 위에 앉으며 말하자 놈은 그대로 걸음을 멈추고 내 옆에 앉았다. 나흘이 채 안되어 놈은 제 이름이 곰이라는 걸 알아챘다. 대체로의 개구쟁이들이 그렇듯 상당히 영특한 녀석이었다.

놈이 이상한 행동을 한 건 다리쉼을 한지 불과 십초가 지나지 않아서였다. 놈은 뿌리가 뽑힌 채 도로 쪽으로 쓰러진 나무에다 살을 정신없이 부벼댔다. 내가 호통을 치며 발을 구르자 이번엔 분명히 나의 것인 다리에다 발갛게 성이 난 고추를 밀착하더니 앞발 두 개로 내 다리를 붙잡고 샅을 부비기 시작했다.

첫 발정인 것 같았다. 놈 역시 당황한 듯 보였다. 그러나 그 짓을 멈출 수가 없는 모양이었다. 멈출 수 있다면 개가 아니겠지. 나는 오로지 부빌 곳만 찾는 놈을 보며 개란 말이 접두어로 붙는 말들을 중얼댔다.

개자식, 개새끼, 개놈, 개년, 개꽃, 개꿈, 개밥, 개판……. 더 이상 단어가 생각나지 않았다. 나는 머릿속에서 사람이 어울려 살던 시기에 만들어진 속담 몇 개를 기억해 냈다.

개가 웃을 일이다.

개가 개를 낳지.

개 눈에는 똥만 보인다.

개가 똥을 마다할까.

죽 쒀서 개준다.

개 팔자 상팔자.

개가 겨를 먹다가 나중에는 쌀을 먹는다……. 나는 이 대목에서 놈을 슬쩍 바라보았다. 개가 무서워서 피하나, 더러워서 피하지. 나는 놈을 무시했다.

발정난 개와 함께 길을 가는 건 아주 성가신 일이었다. 그러나 그건 참을 만했다. 저만치 앞서가던 놈이 구덩이에서 무언가를 꺼내어 놓더니 아주 배를 깔고 엎어져 역시 앞발로 그것을 바투 잡고선 물어뜯기 시작했다. 개가 겨를 먹다가 나중에는 쌀을 먹는다. 나는 다시 속담을 중얼거렸다.

그건 딱 봐도 사체의 일부가 분명했다.

나는 그 사체가 사람이었던 거라고 장담했다.

걸음을 멈추고 저를 바라보는 나를 놈이 힐끗 돌아봤다.

무서웠다. 나는 머리 위에 떠서 사정없이 야한 빛을 내려주고 있던 태양을 본 그 순간에 바로 산 채로 놈을 묻었다. 달리 방법이 없었다. 사람인 나에 비해 뛰어난 후각을 가졌을 놈이니 언제든 내 냄새를 쫓아 올 터였기에.

장독처럼 움푹한 웅덩이 속으로 밀어 넣은 뒤 마침 곁에 있던 판판한 돌판을 얹었다. 놈이 그 안에서 식욕이든 성욕이든 본능을 맘껏 욕망하다 행복하게 숨을 거두기를 진심으로 빌며 나는 놈의 무덤에 큰 돌 두 개를 더 올려놓고 다시 길을 떠났다.

변명

어쩌면 놈이 물어뜯고 있는 사체를 인간 사체의 일부라고 판단한 건 속단이었을지도 모르겠다는 생각이 들었다.

그러나 뚜껑을 열어보니 아무 것도 없더란 식의 황망함을 녀석에게서 거두어주고 싶었던 거라고 여기며, 나는 놈의 발정에 대해서만 생각했다. 놈을 묻은 건 두려움이 아닌 연민에서 비롯되었다고 변명하며 걸음을 되돌리지 않았다. 되돌리기엔 너무 멀리 온 탓도 있었다.

수컷 혹은 아빠

사람이 다 같이 모여서 살던 때(그리 오래전도 아닌데 너무 막연하게 여겨지는 건 왜일까?) 나에게도 수컷이 있었다. 수컷이라니. 대부분의 인간이 사라졌다고 나는 이렇게 말해도 되는 걸까? 나는 혼자서 길을 가다보니 지나치게 자연화하는 모양이다. 남자친구 혹은 룸메이트, 뭐라고 불러도 무방하나 수컷은 아니겠다.

대학 졸업반인 우리는 학교 근처의 원룸에 살았다. 남자친구는 지방에서 올라와 대학을 다니던 급우였다. 똑똑하고 영민했지만 마음에 상처가 깊은 사람이었다. 나보다 한 살이 어렸지만 같은 학년이었던 그는 대학을 마치면 군에 입대해야할 처지를 상당히 비관했었다. 인간이 만든 시스템이 우리를 괴롭히는 것에 우리는 참 예민해 있었다.

아무렇든지. 그 애에게도 나는 이름 하나를 지어줬다. 나는 동물이든 사람이든 사물이든 내 식대로 이름을 붙이는 걸 취미로 가진 사람이었다. 그래야 어렴풋이나마 나의 입장이 생겨났기 때문이었다.

어쨌든 그 애에게 내가 붙인 이름은 '퐁'이었다. 프랑스 말로 다리라는 뜻인 퐁. 나는 그 애에게 완전히 빠진 초기, 그러니까 그의 체취하나로도 호르몬 분비가 왕성하던 시절엔 퐁블루와 퐁블링 두 가지 별칭을 놓고 고민했었다. 그 애에겐 블루의 시원함과 블링의 눈부심이 함께 있었다. 그러나 어쩐 일인지 선뜻 선택을 하지 못했다. 그러는 사이 블루와 블링은 사라지고 '퐁'만 남았다. 나는 그 애를 퐁이라 불렀다.

"퐁! 아침은 뭐야?"

"우유, 그리고 계란프라이 얹은 식빵!"

그 앤 내가 지금 가려고 하는 남쪽보다 더 남쪽, 거의 이 반도 끝에 위치한 바닷가 마을 출신이었지만 입맛은 상당히 서구적이었다.

"퐁! 아침 먹고 우리 산에 갈래?"

"좋지. 코펠, 버너, 상추, 잘 챙겨! 난 물과 쌀, 고기를 챙길게!"

나는 먼저 원룸을 나섰다. 가게에 들려 부탄가스와 라면 몇 봉을 사고 나오는데 현기증이 났다. 무언가가 흔들렸다. 몸인지

땅인지 구분할 수 없었다. 나는 재빨리 집을 향해 뛰려고 맘먹었으나 고꾸라졌다. 나를 덮친 건 어떤 집 정원가에 세워진 초록색 철책이었다. 다른 것들이 나를 피해 쓰러진 덕에 나는 수 초 뒤에 곧바로 정신을 차리고 일어나 갈라지고 꺼지고 솟은 길들을 볼 수 있었다.

5층 건물의 5층에 있던 내 원룸은 당연히 무너졌고 내 친구 퐁은 그 속 어딘가에서 물과 쌀과 고기를 챙겨넣는 배낭과 함께 묻혀 있을 거였다.

퐁의 사전 일부

사람의 마음(심리, 사념, 감정, 정신)에 관한 이름씨 꼴들.

· 간사위 : 남의 사정을 이해하는 성질.

· 넌덜머리 : '넌더리'의 낮춤말.

· 감칠맛 : 사람의 마음이 쏠리게 하는 힘.

· 노여움 : 노여운 마음.

· 갑갑증 : 갑갑한 증세.

· 놀부심사 : 인색하고 심술궂은 마음씨.

· 강새암 : 질투.

· 당길심 : 제게로 당기려는 욕심.

· 걱정 : 근심으로 속을 태우는 일.

· 덤터기 : 남에게 넘겨씌우거나 넘겨 맡은 걱정거리.

· 견딜성 : 잘 견디어내는 성질.

· 덧정 : 정 붙이면 딸린 것까지 사랑스럽게 여겨지는 정.

· 결기 : 성이 나서 과단성 있게 내지르는 기상.

· 덴가슴 : 재난을 겪은 사람이 다음에 일어나는 마음.

· 결딱지 : '결기', '경증'의 속어.

· 뒷생각 : 일이 끝난 다음에 일어나는 마음.

· 결증 : 결기로 말미암아 일어난 화증.

· 뜻 : 무엇을 하려고 속으로 먹은 마음.

· 고마움 : 고맙게 여기는 마음.

· 마음 : 감정, 의지, 성격 등의 모든 정신적 상태의 총체.

· 골 : 한때 벌컥 성이 나서 일어나는 기운.

· 맘가짐 : 마음의 태도.

· 골탕 : 속을 끓이는 걱정.

· 맘결 : 마음을 가지는 태도.

· 괴롬 : 마음의 불편함. 귀찮음. 성가심.

· 맘고생 : 마음속으로 하는 고생.

· 굄성 : 남의 사랑을 받을만한 성질.

· 마음공부 : 정신적인 수양.

· 궁금증 : 궁금해서 답답한 마음.

· 마음보 : 마음을 쓰는 본새를 나쁜 편으로 이르는 말.

· 귀염 : 사랑해 귀엽게 여기는 마음.

· 마음성 : 마음을 쓰는 성질.

· 근심 : 괴롭게 애를 쓰는 마음.

· 맘속 : 마음의 속.

· 근심거리 : 근심이 될 만한 걱정거리.

· 맘씨 : 마음을 쓰는 태도.

· 기쁨 : 기쁜 느낌이나 마음.

· 마음자리 : 마음의 본질.

· 넌더리 : 소름이 끼치도록 싫은 생각.

· 맺힌데 : 감정이 좀처럼 풀어지지 않는 성질의 부분.

2021. 1. 5.

미미야, 컵라면을 먹으려고 비닐을 뜯는데 잘 안되었어. 가위를 가져와 밑둥을 째려는데 스치로폴만 뚫어버리고 비닐은 그대로 있더구나. 옆구리를 틈었어야 했나? 어디를 째야했을까? 가위를 든 손이 나도 몰래 손목으로 향했어. 내 애(걱정에 싸여 초조한 마음속,

마음과 힘의 수고로움)가 또 끓기 시작했어. 그걸 끊어버리고 싶었어. 하지만, 미미야, 그때 나는 너를 떠올렸어. 나는 너를 사랑해. 나를 믿어줘.

병원 침대에 누워있는 퐁은 살을 맞은 늑대처럼 지쳐보였다. 나는 사전을 베껴놓은 아래에 적은 그의 고백까지 세세하고 꼼꼼하게 읽었다. 글자 한 자 한 자에 서린 그의 한숨과 눈물, 걱정과 욱기를 죄 읽어갔다. 이유가 분명하고도 확실하게 있어서 불타버린, 너덜너덜해진 그의 마음과 힘의 수고로움에 눈물을 지으며.

나는 돼지기름 얼룩이 진, 커피잔 자국이 둥그렇게 남아 있는 이 노트의 낱장 하나를 여전히 내 수첩에 간직하고 있다. 녀석의 잘 생긴 웃음이 찍힌 사진 하나와 함께.

지금처럼 걷다가 시원한 그늘 아래 들어서면 나는 걸음을 멈추고 사전을 베끼는 취미가 있었던 퐁의 길다란 손가락을 떠올리곤 했다.

퐁은 절정의 순간에도 수컷이 지닌 본능과 수컷다움을 잠재우는 아빠다움이 동시에 공존했다. 그래서 우리의 연애는 3년하고도 여섯 달이나 지속된 거였다. 몇 번의 위기에도 불구하고.

〈정원〉을 지나며

열 살 때 처음으로 이 집엘 왔었다. 열네 살 겨울에 이곳을 떠나기 전까지 내집처럼 드나들며 누볐던 곳, 〈정원〉의 파란 문살 틈으로 내가 눈을 가져다대자 퐁이 나를 따라한다. 아니, 따라했다. 퐁은 이미 세상에 없지 않은가! 나 혼자 이 폐허 앞에 서 있지 않은가!

댓싸리가 정원석 주위로 자라나 있는 이집에서 어른들은 자주 모였다. 음식을 나눴고 술을 나눴고 이야기를 부지런히 나눴다. 일종의 공동체였다. 엄마아빠가 쪽마루가 있는 집을 떠나 인근 도시의 이 동네로 거처를 옮긴 이유이기도 했다.

〈정원〉은 오래 전 그때도, 퐁과 내가 손을 맞잡고 걸어들어 간 그때도 너무 푸르러 지겹게 한결 같았다.

그러나 이제 〈정원〉은 흔적조차 보이지 않았다. 이쯤이겠구나 싶은 건 오래된 느티나무 한 그루가 여전히 서 있어서였다. 이 재앙이 아니었어도 〈정원〉은 어차피 사라질 마을이었다. 이곳의 새로운 주인일 그들도 이미 사라졌으니 억울할 사람은 없겠다.

폐허의 웅덩이에 고인 썩은 내가 점점 짙어졌다. 나는 이 마을에서 정확히 정남인 쪽마루가 있는 집을 향해 다시 걸음을 잡았다. 따로 길이 없었지만 내 앞을 막는 커다란 장애물도 별로 없었다.

길을 걸어 나가며 나도 모르는 사이 나는 엄마의 낙서를 읊
조리고 있었다.

어떤 문장을 길게 읊조린다는 건 이 고요한 세상에서는 더 이
상 지겨운 일이 아니었다. 내 읊조림으로 인해 오랜만에 내 입
술과 내 귀가 행복해하는 것을 나는 알았다.

엄마의 낙서

마음을 잃어버린 지 나흘째다. 살면서 수도 없이 잃어버렸던 마음
이고, 또한 적당한 때에 되찾았던 마음이니 너무 염려치 말자는 식의
위로도 할 수 없다. 왜냐하면 나는 지금 마음을 잃어버렸기 때문이
다. 왜냐하면 바로 그 '위로'라는 것도 마음 안에 자라는 것이어서 마
음이 통째로 사라진 지금, 나는 두려움도 분노도 걱정도 위로도 모두
사라진 채 동굴처럼 훤하게 드러난 마음이 놓였다 빠져나간 그 빈 테
두리만 볼 수가 있는 까닭이다.

마음은 심장언저리에 있는 것인 줄 알았는데 마음이 놓였다 사라
진 둥그런 테두리는 내 몸 여기저기를 돌아다니고 있다. 이건 은유
가 아니다. 실제가 그렇다는 것을 믿어주면 좋겠다. 오늘 낮 동안은
내내 정수리께를 시원하게하며 놓였던 그 테두리가 이젠 오른쪽 허

벽지로 옮아진 게 보인다. 그래서 이렇게나마 글로 내 상태를 풀어낼 수가 있는 것이다.

만약 나흘 전에, 내가 이 사실을 남편이나 몇몇 믿을만한 동무들에게 발설했다면 어땠을까? 미쳤다고 했을까? 하긴 미친다는 것도 마음을 잃어버린 것과 전혀 무관한 현상은 아니리라. 용기를 내었어야 했다는 생각이 이제야 든다. 어쩌면 그들은 이 어처구니없는 농담 같은 상황을 진실하게 받아들였을 수도 있다. 하지만 나는 용기를 낼 수 없었다. 하긴 그 '용기'란 것도 마음에서 자라는 것이 아닌가!

도대체 격정적인 정념은 차치해두고라도 마음 없이 어떤 글을 쓸수 있단 말인가. 하여 난 마음이 나를 빠져나가 완전히 오리무중이되었다는 걸 안 바로 나흘 전 그 아침부터 전화기를 들었다놓았다 안절부절 못하였다. 편집장에게 전화를 걸어 사실을 말해야했다. 믿기어렵겠지만 오늘 아침 일어나보니 마음이, 늘 내 것이라고 여겨지던그 마음이 보이지 않네요, 그렇게라도 말했어야 했다. 그도 아니면연재를 시작할 수 없는 상황에 대한 여차저차한 핑계들을 함께 만들었어야 했다. 그도 아니면 막역한 동료작가에게 원고가 있는지, 쓸의향이 있는지 묻고 재빨리 잡지사와 연결을 했어야 했다. 그러나 난아무것도 할 수 없었다. 분명히 말하지만 안한 게 아니라 못한 것이다. 마음이 없으니 무엇을 해야할 지 오래 생각할 수가 없었다. 수만 가지의 생각이 동시에 밀려왔다가는 썰물처럼 쏴아 빠져나갔다. 수백 개의 다른 장소들이 한꺼번에 빈 테두리 안을 드나들었다. 나와 가깝든 멀든 내가 잘 알던 그저 알던, 전혀 기억나지도 않는 얼굴들까지 마음이 빠져나간 빈 테두리에 꾸역꾸역 몰려든 까닭에 나는 "그 빈 테두리는 내 것인데요?"하며 그 테두리를 지니고 있는 나를 붙잡고 늘어져야 했다. 그러다가 지쳐 잠이 들기 일쑤였다.

그러다가 돌발적으로 휴대폰 단축번호 몇 개를 눌렀던 것도 같다. 하지만 제대로 된 통화는 할 수 없었다. 나는 나도 모르게 취소버튼을 눌렀을 것이고 "누구세요?"를 반복하며 반복당하며 전화는 끊겼다. 익숙한 목소리들이었으나 목소리가 온통 뒤섞이는 바람에 하나하나를 구별해 낼 수 없었다. 다행히 문자는 그나마 나았다. 〈바쁘지 않으면 통화 한번 하실까요?〉라고 문자가 오면 사뭇 당황하여 〈글쎄요.〉라는 답을 날렸고 아주 친한 듯 '뭐하고 있냐?'고 걸려오는 전화엔, 그저 '응. 응.' 하며 애매한 대답을 하여 상대방 기분을 잡쳐놓곤 했다. 그래서 아예 휴대폰 전원을 꺼놓고 지낸지 벌써 사흘째.

먹을 게 있으면 먹고 졸리면 잤다. 특히 잠은 마음을 찾아야한다는 강박에서 멀찍이 벗어날 수 있었기에 아주 훌륭했다. 마음이 시키는 일이 없어지자 몸도 더욱 차분해진 것 같았다. 별로 몸을 움직일 일이 없었다. 이부자리를 그대로 펴둔 채로 주로 누워지냈다. 누워서 천정도 보고 책도 보았다. 세수도 양치질도 굳이 꼬박꼬박 할 필요가 없었다. 어쩐 일인지 이 호젓한 방에 보살펴야 할 식구도 없이 나 혼자 지내고 있는 중이었으므로 사람으로 사는 게 아니라면 제법 안락하기까지 하다할 만한 채로 나흘을 보냈다. 그렇더라도 어렴풋하게나마 사람으로서의 도리랄까, 태도, 자세, 어떤 막연한 느낌 따위들이 나를 간질였다. 배를 깔고 누워 만화책을 넘기는 나를 벌떡벌떡 일어나도록 만들었다는 것도 밝혀야겠다. 그때엔 어서 마음을 찾아야겠다는 조바심이 났다. 그러다보니 말을 되뇌는 이상한 증상이 나타났다.

까치가 우네. 까치가 우네. 오늘 내내 중얼거렸지만 까치는 까치고 우는 건 또 우는 거여서 어떤 심상이 들리는 만무였지만 그런 작은 노력들도 하고 있다. 또한 마음의 빈 테두리가 정수리 쪽에 놓일 때만 제외하면 나는 대체로 판단력을 유지한 채 나와 사물들의 존재에 다가갈 수 있었다. 그럴 때면 잃어버린 마음에 대한 어렴풋한 단상들이 단속적이나마 기억되곤 하였다. 이를테면 이런 기억.

댓돌 위에 놓인 백구두.

테이블위에 놓인 누군가의 손.

산뜻하고 서늘한 웃음소리.

남포등에 드러난 액자.

귀에 익은 멜로디.

아름다운 정원.

스쳐가는 가로등불빛.

주전자에서 끓는 물.

따뜻한 포옹.

.

.

.

한꺼번에 에너지를 너무 쏟았는지 다시 졸음이 밀려온다. 허벅지
께에 놓였던 마음이 오른쪽 귀밑까지 올라와 있다. 하지만 내가 꼭
해야 할 말이 있다. 까치가 우네, 까치가 우네. 이것이 힌트 같은데 무
슨 힌트일까? 아, 그거다. 이 낙서의 첫 구절. '마음을 잃은 지 나흘째
다' 다음에 내가 꼭 써야하는 건 바로 까치란 것. 이건 대단한 발전이
란 걸 말해야 한다. 이즈음의 나라면 '마음을 잃은 지 나흘째다'를 반
복하기 바빴을 텐데, 거기에다 새로운 무엇, 즉, 까치소리까지 연결
하려고 한다는 이 사실, 이건 너무나 희망적이란 말을 하고 싶다. 마
음을 잃은 지 나흘째다. 까치가 운다. 지금은 울지 않지만 까치가 울
었다. 나는 그 사실을 기억해야 한다.

다행히 마음의 빈자리는 눈에 확연히 드러나므로 그 빈 테두리가

정수리 쪽에 놓인 채로 발설을 하지 않을 수 있어서 좋다. 문제는 이곳이 어디이고 내가 왜 이 방에서 지내고 있는지 알아내야 한다는 건데, 마음을 잃어버린 것과 관련이 있는지 이방엔 나 말고는 아무도 없다. 그렇다고 이 방이 추상의 어떤 공간인 것 같지는 않다. 여기엔 내가 확실히 나의 것이라 여겨지는 노트북과 책 몇 권, 거울과 화장품, 모자, 몇 벌의 옷, 배낭 등이 놓여 있기 때문이며 노트북이 놓인 이 탁자도 분명히 나의 것이기 때문이다. 게다가 저 이불과 베개는 내가 결혼할 때 막 쓰려고 여분으로 산 게 분명한 물품이다. 나는 마음을 잃었지 기억을 잃은 건 아니지 않는가! 뭐라 정확하게 꼬집어 말할 순 없지만 이게 실제의 상황이라는 분명한 감각이 내 열 손가락에, 내 눈에, 내 피부에 전해지는 까닭이다. 만약 이곳이 실제 공간이 아니라면, 누런 이 장판지와 때 낀 이 벽과 벽의 작은 창문과 창호문의 문고리를 만지는 내 손은 무엇이며 갑자기 요의가 일어나 문을 열고 밖을 나서다가 만나는 이 한기는 무엇이며 컹컹 짖어대는 강아지 소리와 하늘의 저 달빛은 또 뭐란 말인가.

그게 아닐 수도 있을까? 이게 죄 누군가의 꿈일까? 나는 어떻게 집을 돌아가 멀찍이 떨어져있는 화장실을 척척 찾을 수 있었을까? 한 번의 망설임도 없이. 양철 대문 옆엔 이불에 꽁꽁 쌓인 수도가 있다는 걸 어떻게 알고 이불을 벗겨 볼 생각을 했을까? 저쪽 방이 잠겨 있다는 건 어떻게 알았을까? 마음을 잃고서 이곳엘 왔는지 마음을 잃기 전에도 내가 이곳에 있었는지 알 수가 없다. 그걸 알 수가 없다. 누구에게 물어봐야 할까? 왜 아무도 없는 걸까? 여기가 어딜까? 이게 또 다시 잃는 마음일까? 다시 또 나도 모르는 채로 마음이 잃어지고 있는 걸까? 이 물음표들이 그 증거일까?

극도로 피로하다. 게다가 이 거추장스런 마음의 빈 테두리가 시야를 가리고 있어 어지럽다. 벽에 기대고 눈을 감자 문득 이제야 사람들이 내 마음을 궁금해 한다는 생각이 들었다. 드러낼 마음이 없는데 이제야 사람들은 내가 지니고 있었다는 그 마음이란 것을 궁금해 하기 시작하는 모양이다. 그 생각이 들자 실실 웃음이 새나오고 말았다. 능글능글한 아저씨 웃음이 어디에 숨겨져 있던 건지 불쑥 튀어나와 버렸던 것이다.

우리가 〈정원〉에 머문 까닭

나는 엄마의 그 낙서를 지금도 그대로 암송할 만큼 읽고 또 읽었다. 그 낙서를 읽으면 점점 더 엄마가 미워졌다. 내 미움은 눈덩이처럼 불어났고 그러면 나는 신나서 또 낙서를 읊조렸다. 나중엔 그 낙서들이 내 입에 붙어 떼어낼 수가 없었다. '마음을 잃어버린 지 나흘째다'란 구절은 퐁과 내가 산동네를 떠나 학교 앞

원룸에 안착할 때까지 두 달 내내 나의 입에서 떨어지지 않았다.

오래된 엄마의 방이 사라지게 되었다며 그 방 벽에 가득한 엄마의 낙서를 책으로 묶자고 출판사 〈정원〉의 편집장이 마을 원로 둘을 모시고 서울엘 왔었다.

"마음이 내키지 않습니다."

〈정원〉의 편집장 최는 처음 보는 얼굴이었으나 두 명의 마을 원로들은 나도 기억하는 얼굴들이었다. 오래전이었지만 눈매가 여전히 날카로운 노인네들을 찬찬히 바라보던 차였다. 입에서 느닷없이 '마음'이란 그 붉은 단어가 튀어나왔다. 어째서 그 말이 튀어나왔을까? 변호사 사무실 서기[1]가 자존을 지키려고 하는 말이라면 모를까, 세상에 요즘에도 그런 식으로 말하는 사람이 있을까? 나는 나를 들켜버렸다는 당혹감에 빠져 허우적대고 있었다.

그때 휴대폰이 울렸던 거였다. 병원 응급실에 퐁이 누워있다는 소식을 전하는 간호사의 다급한 목소리를 들으며 나는 갑자기 기운이 빠졌다. 나른한 잠속으로 들어가고 있다는 느낌이 들었다. 나는 알 수 없는 졸음과 싸우며, 엄마의 방에 가서 며칠 묵으면서 책은 엮지 않아도 좋으니 낙서만이라도 한글파일로 정리를 해보자는 그들의 권유를 마지못해 받아들이는 연기를 했

41

다. 연기는 형편없었겠지만 그들은 내 연기가 어설프건 훌륭하건 상관없었다. 내 승낙을 얻은 그들은 갑자기 박수를 쳤다.

나는 다시 당혹스런 심정이 되었지만 씨익- 웃어주었다. 그 연기는 명품이었다. 연기가 아니었는지도 모르겠다. 심정이 움직여 얼굴이나 동작이 복잡할 대로 복잡해져서 대체로는 멍한 상태였으니까.

더 남쪽으로

마음 따위에 절절맨 엄마는 이 종말에 가까운 재앙 앞에선 어떤 모습이었을까? 나는 코웃음이 나왔다.

대재앙이 휩쓸고 가버려 누운 소의 모습이던 산마저 형체가 달라져 있었지만 소의 형상을 아주 지우지는 못하고 있었다.

나는 제대로 내려가고 있었다.

이제 하루만 더 걸으면 쪽마루가 있는 남쪽의 그 집, 우리 셋이 한 가족으로 살던 그 집에 이를 것이었다. 일종의 귀향이었다.

노숙거지의 모습이겠으나 볼 사람이 없다는 것, 볼 사람이 없으니 치장할 필요가 없다는 것, 이게 재난이 주는 가장 큰 이로움이었다.

지금, 내 주위에 아무도 없는 지금, 내가 생을 부지해야 할 이유는 없었다. 다만 살아지니 사는 거였다. 그 집을 찾는다면 그 집 마루가 있던 곳에 누워 조용히 눈을 감고 싶을 뿐이었다. 마루가 있던 곳에 누웠을 때 엄마의 노래는 없어야 했다. 하지만 아빠의 기타소리는 너무너무 듣고 싶다.

속내가 다시 복잡해졌으나 어쨌든 나는 부지런히 걷고 또 걸었다. 아빠가 연주하는 음률을 따라 깊은 잠으로 스며들던 예전처럼 더는 깨지 않아도 좋을 잠이 가까이에 있다는 생각이 내 걸음을 부추기고 있었다.

온몸에 밴 생선 썩는 냄새를 물리치는 맑은 바람이 남쪽에서 불어 왔다. 힘차게 내딛은 발 아래서, 새로 산 비싼 운동화란 게 믿기지 않을 만큼 때가 낀 운동화 밑에서, 찌익- 무언가의 내장이 터지는 소리가 났다.

2. 나란 인류의 초기

그 집 앞

너무나 온전한 집 앞에서 나의 걱정은 두 가지였다.

저 집에 누가 살고 있다면?

쪽마루마저 무사하다면 나는 어찌할 텐가?

결국 나는 그 집 마당으로 들어서지 못했다. 걸음을 되돌렸다. 왼편으론 콩밭이 오른 편으론 작은 개울이 흐르는 흙길을 걸어 나갔다. 이백오십 보의 길이 끝나고 길이 머리를 들어 마을의 신작로와 만나고 있었다. 여기까지였다. 아니 여기서부터였다. 집으로 난 이 길의 시작점인 여기와 집까지의 거리가 반지름일 터였다. 집을 중심으로 같은 거리에 있는 둥근 원안엔 모든 게 살아있었다. 개울이며 편백나무 숲이며 밭이며 과일나무들이며 바람이며 소리며, 그리고 온전하게 숨을 내쉬고 있는 그 집이며.

눈으로 확인할 길은 없었으나 재난에도 끄떡없는 둥그런 돔이 이 풍경을 보존하고 있다는 생각을 떨치기 어려웠다.

나는 신작로를 따라 마을을 빠져나갔다.

그 옛날에도 그리고 지금도 이 마을을 특징하는 것은 초승달처럼 놓인 마을의 이 길이다. 길을 따라 산 쪽으로 집들이 앉았고 하천 쪽으론 논이 자리 잡은 전형적인 배산임수의 촌락인 이 마을은 이맘때면 익어가는 벼들이 바람을 타며 출렁거렸다. 따가운 햇볕 아래서 벼가 익어가는 냄새를 맡으면서 책가방을 멘 나는 해찰을 부리곤 했었다. 메뚜기를 잡았고, 코스모스 꽃을 땄고, 누런 콩대에 앉아있는 잠자리를 잡곤 하였다.

나는 큰길을 따라 천천히 마을을 빠져나왔다. 그 길이 6차선 널찍한 도로와 만나러 내달리기 직전, 옛길의 끝에 있는 방죽 앞에서 걸음을 멈췄다. 방죽가엔 배롱나무로 보이는 작은 나무들이 여전히 수직으로 서 있었다. 그러나 잎이며 꽃은 져서 그 매끄러운 수피의 윤기가 어색하기만 했다.

고목 하나가 밑둥을 드러낸 채 방죽 속으로 쓰러져 있었다. 완전히 물에 잠기지는 않아서 나는 엉금엉금 기어가 그 나무를 타고 앉았다. 왜 그랬는지는 알 수 없지만 나는 이런 행동을 했다.

일렁이는 푸른 물결은 나를 다른 세상으로 이끌 준비로 설레고 있었다. 내 옆에 정물처럼 앉아 있는 멧비둘기에게 물었다. 내가 떠나도 괜찮지?

새가 도리질을 쳤다.

설레어 일렁이던 물결이 잠잠해지더니 이상한 고요가 안개처럼 피어났다. 몸이 자꾸 물 쪽으로 기울었다. 물 위에 비친 내 얼굴을 본 건 바로 그때였다. 물의 표면이 드러낸 얼굴, 그건 바로 엄마의 얼굴이었다. 나는 물 위에 드러난 그 얼굴을 외면할 수가 없었다. 외면하고 싶은 마음이 굴뚝같은데도 나는 그 얼굴로 점점 더 빠져들고 있었다. 새가 푸드드득 날개를 펴고 날아 오른 건 그때였다.

나는 방죽가에 떠오를 시신 한 구를 상상하다가 돌처럼 굳어져 버렸다.

나는 쓰러진 나무를 엉금엉금 기어 나왔다. 다시 걸음을 돌렸다.

천천히 마을의 신작로를 따라 오두막으로 향했다. 예전에 내가 이 재앙을 어렴풋이 예감했던 것 같다는 생각을 하며.

기괴한 풍경에서

물 위에 드러난 엄마의 얼굴을 본 순간 갑자기 내 최초의 소설이 떠올랐다. 정확히 말하면 그때 소설을 쓰며 만난 어떤 공포가 되살아난 거였다.

내가 성질 더러운 친척집에 얹혀살며 열다섯 살의 한 가운데를 부지런히 통과하던 때였다. 살인적인 무더위에 숨죽였던 선선한 가을바람이 도시의 창으로도 가을의 냄새를 실어오던 그때 나는 두 시간 만에 소설 같지도 않은 소설 하나를 완성했다. 엄밀히 말하면 쓰다가 멈췄다. 〈미미여사의 조용한 삶〉을 그려가다가 나는 방금 전과 같은 공포와 맞닥뜨렸던 건데, 작문 숙제로 낸 그 엉성하기가 이를 데 없던 글이 학생문예지에 실리는 결과를 냈었다. 내가 그렇게도 미워한 엄마가 걷던 길에 들어서게 된 건 순전히 그 글 탓이었다.

공포의 근원은 무엇이었을까? 지금도 나는 정확히 설명할 순 없다. 사진 속의 피라미드를 보며 저 시대에도 내 나이의 아이들이 있었을 거라는 생각으로 눈물을 흘릴 때완 분명히 다른 느낌이었다. 달랐다. 그때보다 더 급격하여 울 수도 없었다. 다만 나는 컴퓨터를 서둘러 끈 채 아무 것도 보지 않겠다는 듯 눈을 감고 있었다.

여자중학생으로서 나에게 기대되는 룰들이 있었다. 나는 그게 갑갑하였고 제대로 그 규칙들을 따르지 못했다. 그러나 그래도 나는 그 규칙 안에서 행동하려고 했다. 그러나 내가 우연찮게 만든 장면은 나에게 맡겨진 그런 룰과는 다른, 무언가 더 크고 넓은 룰이 아니면 도저히 장면의 뜻을 알아가기가 불가능했다. 어쩌면 나는 좌절을 맛봤고 그 좌절이 급격한 공포를 야기했을지도 몰랐다. 내가 모르는 세상이 있다는.

엄마도 바로 그 중의 하나였다는 것을 방금 전 수면에 비친 얼굴에서 나는 깨달았던 것이다. 도무지 알 수 없는 사람……

방죽의 저 기괴한 풍경보다 더 기괴한 풍경 속에 내가 놓이고 말았다는 자각이 불시에 들었던 것이다. 재앙 앞에서 예전의 나를 보존하기 위해 나라는 사람의 성격을 지워 이 기괴한 세계에 얹혀 있었던 것이다.

공포와 대면하기. 나는 사람들이 함께 살던 시대에 내가 그토록 피하고 싶었던 규칙을 스스로 세웠다.

나는 다시 쪽마루가 있는 집을 향해 걸어갔다.

가을의 환(幻)

초승달의 굽은 등에 자리했던 마을의 집들이 죄 무너졌으나

48
마음

폐허란 느낌이 들지 않았던 건 집의 담이었거나 문이었던 자리에 피어난 봉숭아 분홍빛 꽃들 덕이었다. 호박잎의 싱싱한 초록이나 노란 꽃들 덕이었다. 활짝 열린 보랏빛 나팔 꽃무더기 덕이었다. 초가을의 아침에 피어난 그 꽃들 외에 다른 풍경은 눈에 들어오지 않았던 까닭이었다.

나는 다시 가운데가 움푹 솟은 길, 그 솟은 자리 위에 욱은 잡풀에 간혹 발목이 젖으면서 다시 그 집으로 갔다.

집 앞에 다시 섰다. 생각할 겨를을 주지 않겠다는 듯 무언가가 나를 마당으로 이끌었다. 그때도 지금도 삽짝이라 할 만한 문도 없는, 열 평 남짓한 외양간과 두 평 남짓한 변소 사이의 입구로 바람이 불어왔을까? 등을 밀린 듯 누가 잡아끈 듯 마당으로 쏠리며 나는 휘청댔다. 금을 넘지 않으려고 발끝에 힘을 주다가 결국 금을 넘어버려 놀이에서 아웃되던 어떤 놀이를 하는 기분이 들었다. 확실히 나는 보이지 않은 금을 넘은 모양이었다. 나는 재앙 이후 처음으로 환하게 빛나는 햇살의 무더기 아래서 기분이 말할 수 없이 상쾌해졌던 것이다.

그 집 앞의 작은 숲으로부터 멧비둘기가 날아올랐다. 한 놈, 두 놈, 우르르. 아주 많았고 아주 살져있었다, 멧비둘기 떼는 구구구구 울면서 앙상한, 그러나 키가 큰 감나무에, 감나무 가지

하나를 돌아 변소까지 난 전선줄에, 색이 바랜 안채 청회색 함석지붕에, 앉기도 했다. 그러나 대부분의 새들은 이내 빽빽하여 우람한 느낌은 없는 숲의 나무들로 되돌아가 있었다.

집이 마당 쪽으로 마루만큼 늘어난 것 같았다.

마루를 막고 있는 새시문 탓에 나는 그 문을 열고 들어가는 데도 역시 주저하고 있었다. 예전엔 이런 새시문들은 없었다. 좁지만 긴 쪽마루가 마당을 향해 내어져 있을 뿐이었다.

까만 나무 정지문 대신 새시로 된 현관문이 부엌문 자리에 있었다. 저 문 안의 부엌은 주방으로 바뀌었을 거고 그 주방엔 부뚜막과 찬장 대신 싱크대가 있을 거였다.

새시문들이 없었다면 나는 당연히 마루에 걸터앉았을 것이다. 그러나 지금 난 그저 어떤 문이든 열리는 문이 있어야 집의 내부로 들어갈 수 있는 거였다.

닫혀있는 문 앞에서 나는 그 문을 열어야하는지 말아야하는지 망설였다. 사람들이 함께 사는 시대가 아닌데도 나는 그 집의 문을 함부로 열 정도의 자연화는 진행되지 않은 모양이었다.

부엌문과 마루문 앞에 두 개의 댓돌(돌이 아니었다, 사각의 시멘트였다)이 놓여 있었다. 그 중에 새시문으로 차단한 마루쪽 댓돌에 엉덩이를 놓고서 내 기억엔 존재하지 않는데 눈앞에

버젓이 펼쳐진 편백나무 숲을 응시했다.

넘어진 촛불

마루를 차단하고 있는 새시문은 열리지 않았다. 다만 투명한
유리 너머로 나무 무늬 장판이 마루를 대신하고 있는 게 보였
다. 창호문은 닫혀 있어서 마루 너머의 방을 볼 수는 없었다. 마
루엔 낮은 촛대 위에서 초가 타고 있었다.

누군가 살고 있는 모양이어서 나는 부엌문을 열기가 더욱 힘
들었다. 마루에 놓인 촛대가 쓰러지며 그 아래 놓인 장판과 입
을 맞추지 않았다면, 즉 화재가 날 것 같은 조바심이 아니었다면
나는 부엌문을 여는 대신에 소리를 죽여 마당을 나섰을 거였다.

부엌문은 끼익 소리를 내며 열렸다.

마당에서 내가 예상한 대로의 주방이었다. 싱크대가 있고 식
탁이 있는. 그러나 그뿐이었다. 어떤 살림살이도 보이지 않았다.
빈 싱크대와 의자 두 개를 가진 원목의 식탁뿐이었고 식탁 위에
도 다만 햇살만 놓여 있을 뿐 가재도구는 전무했다.

나는 금세 알아챘다. 이곳은 환의 공간이었다. 시점과 좌표가
없는, 사람이 살던 시대의 말을 빌어쓰자면 시-공이 아닌. 무게
를 지닌 물체가 존재하기 어려운, 환의 세계에 내가 들어와 버렸

다는 것. 네 개든 다섯 개든 물질의 기본 원소들이 하나도 없는 세계라는 것. 그러니 나무로 된 이 식탁과 역시 나무에다 약간의 변형을 가한 싱크대, 흙으로 만들었다 시멘트로 덧칠한 이 집, 집의 나무문들, 화학적으로 변형된 장판지, 역시 화학적 변형을 가한 새시와 유리도 실은 다 환영이란 것을 받아들이기로 했다. 그러자 나 자신 역시 사람일까 하는 의문이 생겨나고 말았다.

사람이 사람인 것은 무엇 때문인가?

이 집에게 물은 최초의 질문이었다. 좋지 않은 질문이었다. 그러나 나는 지금도 좋지 않은 질문이란 감만 있지 그 이유를 설명할 순 없다. 다만 그러한 질문들은 사람을 행위로 이끄는 게 아니라 행위를 미루는 데에 기여해 왔다는 말 정도를 덧붙일 수 있겠지만.

나는 갑자기 정갈하게 쌓이고 있는 침묵을 참을 수 없었다. 쓸어버리고 싶었다. 빗자루와 걸레로 실내를 좀 어지럽히고 싶었다. 어쩌면 내가 있는 이곳이 실제의 장소란 실감을 원했는지도 모르겠다.

하지만 청소에 대한 강렬한 욕구는 있었으나 청소를 실행할 수는 없었다. 청소를 하자면 빗자루와 걸레를 우선 만들어야 할 것 같았다.

여기엔 현재로선 나 외에 아무 것도 없다. 내가 걸친 옷가지 외에 아무 것도 없다.

나는 옷을 벗었다. 메리야쓰는 내 몸이 아니어도 꼿꼿이 서 있을 만큼 때에 쩔어 있었다.

전봇대

변소 뒤, 숲으로 난 길가에 오래된 전봇대 하나가 서 있었다. 딱 이 집만을 위한 거라고 시위하듯 전선 하나가 이 집의 처마 밑 두꺼비 집으로 연결되어 있었다. 아주 느리게 계량기가 돌아가고 있었다.

나는 우선 부엌문 옆 마루와 이어지는 벽에 놓인 스위치를 켜봤다. 천정에 달린 일자형 형광등에 빛이 들어왔다. 문을 열고 마루로 올라가 (주방과 마루 사이에도 댓돌 비슷한 게 있었는데 시멘트에다 타일을 붙인 형태였다) 아랫방 윗방의 문을 열고 스위치를 모두 켜봤다. 같은 모양의 일자형 형광등이 모두 빛을 냈다. 새시문 이쪽저쪽을 나누는 나무 들보에 붙은 두 개의 스위치를 켜자 마루 천정에도 마당 건너 변소에도 불이 들어왔다. 상단 1/3 부분은 비어있는, 더럼이 많았던지 누군가 노란 장판지를 덧씌운 문 위 틈새로 알전구가 똑딱똑딱 불빛을 보이고 있었다.

다행인 건 전기와 수도가 멀쩡하다는 것.

그러나 전기와 수도로 빗자루와 걸레를 만들 순 없는 노릇이었다.

나는 스위치를 끄고 천천히 숲을 내다보았다. 눈길을 마당으로 끌어들이기 전에, 전봇대에 매달린 확성기를 발견했다. 전봇대에 삐죽 나와 있는 철골 하나엔 색이 바래 장담할 순 없지만 처음엔 분명히 빨간색이었을 확성기가 매달려 있었다.

어떤 기억

이 마을에 살 때였다. 다섯 살에서 아홉 살 사이 가을 어느 날 아침이었다. 이장님의 확성기가 조용하게 깨어나 부고를 전했다.

이 마을에 살던 엄마의 먼 친척 언니의 남편이 죽었다는 소식이었는데 그는 죽을 당시 쉰을 갓 넘긴 건장한 남자였다. 그이는 이 집에도 서너 번 놀러왔었는데 호리호리했지만 다부져 보였다. 갑작스런 죽음 앞에서 엄마가 멍한 눈으로 감나무를 보던 기억이 난다. 그러며 엄마는 이렇게 말했다.

"나는 다른 소식을 기다리고 있었어."

엄마가 까만 전화기를 만지작거렸다.

사람들이 서로 어울려 살던 그 때에 죽음은 가장 커다란 사건이었다. 대재앙 이후 죽음은 더 이상 큰 사건이 아니지만 그땐 그랬다.

감잎 하나가 변소 지붕으로 떨어졌다. 연이어 다시 잎 하나가 떨어졌다. 자전거 남자와 새벽을 맞았던 그 숲은 1년이 지나서야 겨우 잎 하나를 떨궜다. 여기는 나뭇잎이 자주 떨어져 내렸다. 감나무 아래 쭈글쭈글한 감잎이 수북했다.

자전거 남자는 어떻게 되었을까? 오랜만에 나는 떠나온 숲과 그 남자를 떠올렸다. 다행히 그 남자는 숲을 떠나기 직전엔 목소리가 많이 풀려 있었다. 우리는 상대를 두고 화를 내거나 노여워하는 그 감정으로 끝을 맺지 않았다. 우리는 서로를 보며 가만히 미소를 지었다. 사람들이 함께 어울려 살았다면 애잔하여 눈 속에 약간의 물기를 배게 했을 미소, 가슴에 켜켜이 쌓여 때때로 하늘을 보며 한숨지어야 할 바로 그런 미소였지만 세계가 바뀐 탓에 우리의 미소는 마음에 쌓이거나 담기지 않았다. 깨끗했다.

그랬다. 세계는 점점 더 깨끗해지고 있었다.

"글 많이 쓰고 운동 열심히 하고 있어."

그러한 말을 할 연인도 없었고 미래라는 개념도 없었고 다만 현재 뿐인 삶이었으므로.

그런데도 나는 지금 전화기를 생각하며 아쉬워하는 나를 발견한다. 전화 따위가 필요할 리가 없다. 다 저 확성기 탓이었다. 확성기가 끌어낸 어떤 기억, 엄마가 만지작거리던 까만 전화기를 또렷하게 환기해버린 탓이었다.

하루 내내 잃어버린 전화기를 생각하는 내가 아주 많이 이상했다. 전화기 속에 저장된 사람들이 대부분 사라졌다는 것보다 전화기가 없다는 사실이 재앙을 더 실감케 하는 거였다.

내가 최초로 시도한 것

어쨌든 나는 이 집을 청소하기로 맘먹었다. 이왕이면 뽀득뽀득 걸레질 치는 소리를 내며 집안에 내가 있다는 실감을 얻고 싶었다. 빗자루를 들고 면들을 활보하고 싶었다.

내가 지금 만들고 있는 물품은 싸리비였다. 변소 옆에 심긴 싸리나무 두 개를 뽑아 돌로 짓이겨 줄기를 끊은 뒤에 호박넝쿨로 묶으려다 손바닥만 쏠린 뒤에 그냥 모아 쥐고 서 있는 거였다.

따로 만들 필요도 없이 누더기 같은 셔츠는 물에 적시자 곧바로 걸레가 되었다. 그런데 생나무 냄새가 나는 이 엉성한 싸리비를 보자 청소할 마음이 뚝 떨어지고 말았다.

첫 식사

배가 몹시 고팠다. 식욕은 사람들의 생각과 달리 본능이 아니라 문화적 성질인가 보았다. 식탁에 앉아 싱크대를 보고 있자니 배가 고파왔다. 한뎃잠을 잘 때엔 이틀 쯤 굶어도 이러한 허기는 없었는데 참으로 이상한 충동이었다.

최초의 식사는 집 앞 개울가에 자라난 미나리와 돌나물을 곁들인 삶은 콩이었다. 오전 열 시 십칠 분. 내 손목에서 아직도 살아있는 시계가 알려 준 시각.

텅 비어 있는 줄 알았던 싱크대 밑엔 일회용 가스버너와 네 개들이 부탄가스 한 줄이 있었다. 노란 양은 냄비와 플라스틱 국자도 하나 있었다. 훌륭한 도구들이었으므로 이 집에서의 최초의 식사는 더할 수 없이 만족스러웠다.

전자렌지와 인덱스 가열기구, 전기밥솥으로 지어먹던 음식에서는 맛볼 수 없는 불과 바람과 햇살의 기운이 담뿍 담긴 식사를 마친 뒤 나는 본격적으로 로빈슨 크루소 흉내를 내기 시작했다. 시간 감이 순식간에 되살아났다. 다음에도 저 높은 데 있는 바나나를 따 먹어야지, 하며 장대를 숨겨놓는 원숭이처럼. 내 현재의 이 불편이 미래라는 시간을 되살리고 있었다. 웃기는 일이었다. 나는 계속 무언가를 만들고 살피며 집 주변을 바쁘게 돌아다녔다.

문 바르기

마루 한 쪽에 종이상자가 있었다. 하얀 한지 묶음과 나뭇잎이
들어있는 겨자색 한지, 꽃잎이 들어있는 샛노란 한지가 두루마
리로 말려져 꼽혀 있었다. 큼지막한 쇠가위 하나와 붓이 있었고
지업사에서 파는 도배용 풀도 두 개나 있었다. 나는 당장 창호
문을 새로 발라야겠다고 맘먹었다.

문은 상단, 중간, 하단에 가로줄 여섯 줄이 격자로 교차되고
있어서 그 부분을 색한지로 바르면 멋스러울 것 같았다.

우선 걸레에 물을 묻혀와 오래된 문종이를 적셨다. 그러나 아
랫방 윗방 합쳐 네 짝의 창호문을 하루에 멋지게 만들기는 불
가능했다.

때낀 창호지를 벗겨내는 데만 이틀이 걸렸다. 아마 무언가 방
법이 잘못된 모양, 일은 지겹기만 하고 속도가 나지 않았다. 그
러나 그 이틀 동안 나는 얼마나 몰두했던가. 세계가 거의 끝났다
는 자각 따위는 들어올 틈이 없었다. 나는 부지런한 농부처럼 문
에 매달려 더럼이 덕지덕지 묻은 문종이를 문살에서 떼어냈다.
문종이만이 아니라 오래 묵은 문살의 때마저 열심히 벗겨냈다.

사흘째 날 아침, 한지를 크기에 맞추어 잘라놓고, 마당 수돗가에서 새까맣게 때가 낀 사각 쟁반 하나를 찾아서 풀을 풀었다. 조금 묽직하다 싶게 물의 양을 조절했다.

풀판으로 쓸 게 아무 것도 없어서 식탁위에 따로 판을 깔지 않고 바로 한지에 풀을 발랐다. 풀을 바른 즉시 창호문 알맞은 부위에 붙였다. 종이가 문살에 골고루 붙도록 손바닥으로 쓸어주었다.

옛 창호지를 떼어내는 데 이틀이 걸린 것과 달리 네 짝 문을 바르는 데엔 두 시간이 채 걸리지 않았다.

이제 풀이 말라가며 창호문은 팽팽히 당겨질 거였다. 지금도 너무나 황홀한 문이었지만 내일쯤 풀이 다 말라 팽팽해진 문을 보면 얼마나 근사할지 나는 흐뭇해서는 문에서 눈을 뗄 수가 없었다.

옛날 어느 시골의 정갈한 방문 앞에서 흠흠 헛기침을 하며 문 뒤에 다소곳이 앉아있을 색시를 찾아들어가는 신랑 같은 기분으로 그 문 앞에 서 있곤 했다.

방문은 근사했고, 나의 욕구는 넘쳐났다. 나는 호모 파베르가 되어 집안 구석구석을 뒤지고 다니며 무언가 만들꺼리를 찾고 있었다.

식물은 무한했다. 집으로 오는 길 옆 넓은 콩밭 외에도 집의 무너진 담을 덮은 호박밭 뒤로는 자동차 세 대는 들어갈 만한 작지 않은 텃밭이 있었다. 거기에도 어떤 이름을 지녔을 식물들이 자라나 있었다. 우선 아는 식물들만 먼저 먹더라도 몇 달은 너끈히 버틸 거였고 씨앗들을 갈무리해 두었다가 다시 심을 수도 있었다. 그러다가 더 이상 아는 식물이 없으면 모르는 것을 조심스럽게 먹어갈 수도 있는 거였다. 독이 있을 수도 있으나 몸이 견뎌낼 터였다. 바람이 실어 나른 독에도 살아남은 자들, 그들 중에 내가 있지 않던가!

이상한 일이었지만 독에 내성을 지닌 사람들이 존재했다. 스모그는 공평하다는 언술이 와장창 박살난 점도 이 대재앙이 알려준 사실 중의 하나였다. 즉, 지금은 유력한 사실이 깨지고 예외적 사실이 힘을 지니게 된 때라는 것이었다.

빈집에서 발견되는 것들

윗방, 예전 툇마루가 있던 곳도 바뀌어 벽을 쌓고 문을 낸 작은 공간이 생겨나 있었다. 그 공간을 다 차지하고 있는 오래된 궤짝에서 엄마의 노트가 쏟아져 나왔다.

일종의 농사일지 같은, 이곳에서 아빠와 살림을 시작한 날부터 뜰 때까지의 일기로 보이는 노트들이 하나 가득 들어 있었다. 나는 도로 그 노트들을 궤짝에 넣었다. 엄마의 노트라면 지긋지긋했다.

뒤란 코딱지만 한 창고엔 마룻널 묶음이 쌓여 있었다. 쪽마루와 툇마루를 걷어낸 것들인 모양이었다. 이건 무언가에 요긴하게 쓰일 것 같아 먼지를 털어내고 볕에 말리곤 했다.

텃밭에 있는 것들의 목록

식물들 : 쇠비름, 여뀌, 두 고랑의 콩, 부추 반고랑, 오이 나머지 반고랑, 여덟 고랑의 다시 콩(집과 신작로 사이, 큰 밭은 죄 콩이고), 한 고랑의 고추나무.

곤충들 : 메뚜기 백만 마리, 잠자리 대여섯 마리, 나비 한 놈.

밭둑에 있는 것들 : 대추나무 한 그루, 복숭아나무 두 그루(이 두 나무를 타고 호박넝쿨이 올라가 있다. 이 집 주인은 호박을 퍽 좋아했나보다), 아주까리 하나, 산초나무 하나.

뒷산에 밤나무, 앞 숲에 편백나무.

개천 주변 : 돌나물, 여뀌, 고마리, 미나리, 또 호박넝쿨. 호박 꽃잎 속 벌 두 마리.

개천 너머 논에는 노랗게 익어가던 벼들이 쓰러져 있었다.

나는 실개천을 건너 뛰어 논으로 들어가 벼 이삭을 두 손 가
득 주위 왔다. 벼이삭을 담을 자루나 그릇이 있는지 무너진 창
고의 입구를 가로막은 흙벽돌을 걷어내는 중.

창고의 세계

쇠스랑, 곡괭이, 낫 여러 자루, 호미 네 자루, 플라스틱 커다란
통 세 개, 커다란 양은 솥 하나, 마당 비 세 개, 못과 망치가 들어
있는 나무로 된 연장통, 개봉하지 않은 시멘트 한 포대, 눈 치우
는 밀대 둘, 요소비료 한 부대, 장군 똥지게 세트, 탈곡기, 알루
미늄 새시로 된 높은 사다리 하나, 마늘 서너 접, 낡고 삭은 검
은 비닐봉지 세 개, 삭아버린 장갑 두 켤레, 자루가 없는 삽 날
하나, 커다란 비닐 안에 든 대광주리 서너 개(멀쩡하다), 보라색
물 호스 한 똬리, 다리가 많아도 별로 잘 기지도 못하는 돈벌레
같은 놈들 수백만 마리.

양호한 상태

외양간은 그런대로 양호해 보였다. 그러나 차마 저 뒤틀리고
바랜 회색 나무판자 문을 열어보기가 쉽지 않았다. 그런대로 양
호하니 계속 양호하길 바랐다. 창고의 물품만으로도 너무 벅차

서 나는 다음 기회에 저 문을 열기로 했다.

다만 마당 쪽으로 살짝 튀어나온 시멘트로 만들어진 여물통은 내 맘을 움직였다. 나는 창고벽에서 떨어져 나온 흙벽돌 하나를 깨서 뭉갠 후 여물통 안에 채웠다. 긴 호스를 풀어 외양간 옆 여름날 남정네들이 등목을 했을 법한 으슥한 장소에 솟아있는 수도로 연결하여 물을 댄 뒤에, 천변에 무성한 미나리를 캐다 심었다. 문화화된 자연에까지 내 생각이 이른 걸 보니 나는 점점 자연을 벗어나 다시 인간이 되어가는 모양이었다.

여물통 아래에 맷돌 한 짝이 있었는데 놓인 위치가 영 아닌 것 같았다. 나는 부엌 쪽 댓돌 옆으로 맷돌을 옮겼다. 무너진 담에서 비슷한 크기의 돌들 여남은 개를 추려와 맷돌 옆으로 두었다. 그 사이사이로 흙을 채워 돌나물을 심을 작정이었다.

돌멩이 사이사이에 흙을 퍼붓고 돌나물을 옮겨 심고 호스로 물을 듬뿍 뿌렸다. 그러자 시멘트 뜰 밑은 사람들이 모여 살던 시대에 한정식집이나 카페와 같은 곳에서 익숙하게 보아온 풍경이 만들어졌다. 사람이 모여 살던 시대의 풍취 하나를 만들어 낸 나는 그러나 조금 쓸쓸해졌다. 왜인지는 알 수 없었다.

떨어져 터져버린 감에 앉아 느릿느릿 날갯짓을 하는 호랑나비를 바라보았다. 올림픽 같은 덴 결코 출전할 수 없는 형편없는 접영 선수가 연상되었다.

주변의 호박 꽃잎들도 입을 오므리고 눈을 질끈 감은 모습이었다. 모두들 나비를 창피해하고 있는 것 같았다.

겨우 정오에서 반시간이 지났을 뿐인데, 마당이 어두워지고 있었다. 어느새 구름이 하늘에 가득했다. 나의 텃밭에 들어 온 한 남자를 본 건 바로 그때였다.

금세 텃밭을 나가는 남자의 손엔 가지만한 고추 대여섯 개가 들려 있었다. 마루에 앉았던 나는 부랴부랴 마당으로 나갔다. 겨자색 반팔 티셔츠를 입고 있던 남자가 오간데 없이 사라졌다. 이 집으로 들어오는 짧지 않은 길 어디에도 남자의 모습이 놓여 있지 않았다.

헛것이 보일 만큼 남자에게 몰두한 사실이 없었으므로 나는 그 존재를 믿지 않을 수 없었다.

다시 남자

"밭을 붙이던 할머니의 장남입니다."

방죽가에서 나에게 딱 걸린 남자는 우선 그렇게 말을 건네 왔다.

사람들이 서로 경쟁하던 그 시기에도 무언가 그 경쟁에서 한

참 뒤처졌을 것 같은 말투였다.

"어머니가 시집 와서 50년을 살았던 동네입니다."

방죽가에서는 마을의 모양새가 그대로 다 드러나 보였다. 마을을 둥그렇게 에워 싼 산과 원을 산 쪽으로 구부려 낸 호와 같은 신작로와 호의 끝에서 아래로 떨어지는 오솔길 끝에 놓인 내 집의 바랜 함석지붕까지.

"집이 없어졌지요?" 내가 물었다.

"예."

"우리 집으로 가시겠어요?"

남자는 고개를 절레절레 흔들며 말했다.

"그곳은, 밭까지는 허락하는데 마당은 허락하지 않더군요."

"뭐가요?"

"기운이요. 그 집 마당입구에 서면 내 마음이 물러나곤 해요. 들어가고 싶던 마음이 돌려지더군요."

무슨 뜻인지 애매해서 내가 조금 입을 삐죽대며 말했다.

"그래요? 어디 갈 데는 있으신지?"

어쩐 일인지 그도 조금 입을 삐죽대며 답했다.

"있겠지요."

"또 오실 건가요?" 내가 다시 물었다.

"아닙니다. 찾을 사람이 있습니다. 그럼, 이만."

이 남자도 찾을 사람이 있다고 한다. 남자는 양손에 고추를 쥐고서 큰길가를 향해 걸어 나갔다. 나는 방죽에서 그 남자가 걸어가는 길의 길이를 쟀다. 남자의 걸음으로 오백 육십 보였다.

매미 – 미미

숲에서 매미 떼가 시끄럽게 울었다.

매미는 오랫동안 내 별명이었다. 이름 때문이었다. 미미라니. 나는 다시 엄마를 원망했다. 분명히 요 따위로 이름을 지을 사람은 엄마밖에 없었으니까. 미미라니, 하나 뿐인 딸의 이름을 이렇게 설렁설렁 짓는 부모들이라니.

별명 탓인지 나 역시 장하게 우는 것을 잘했다. 친구들이나 다른 사람들에게 들키지 않도록 나 역시 주로 숲에서 울었다. 친척집 뒤쪽으로 등산로를 지닌 작은 산이 있었다. 나는 그 산에 나의 아지트를 지니고 있었다. 사람들은 여간해서 길을 찾을 수 없는 숲에 내 아지트가 있었다. 거기선 나무들이 내 울음을 먹고 다른 곳보다 훨씬 더 빨리 자라났다.

내 착각인지도 모르겠지만, 어쨌든.

몸의 이치

잠자리 일곱 마리가 전선줄에 나란히 앉아 있다. 잠자리들이 나에게 관심이 생긴 모양 계속 내 움직임을 좇는다. 나는 그 애들이 움직이길 바라고 있다. 날개를 펼 때 드러나는 햇빛의 무늬가 너무 황홀해서다. 그러나 놈들은 아주 끈질기게 날개를 접고 나를 바라볼 뿐이다.

나는 마당에 여러 길을 만들며 주방을 드나들었다. 콩나무를 뿌리째 두 그루 뽑아 콩사리를 해먹었고, 호박잎 여남은 개를 따다 껍질을 벗겨 쪄서 먹었고, 오이도 세 개나 따 먹었다. 변소를 들락거렸고, 생리가 터져 버렸다. 스물 넷, 앞으로 살아갈 날이 얼만지는 모르겠지만 한 달에 사나흘, 나는 이 마법에 휩싸일 것이었다. 난감한 일이 아닐 수 없었다.

기능성 등산바지도 흘러나오는 그것을 막지 못했다. 나는 생리대가 필요했고 속옷이 필요했고 여벌의 옷가지 몇 개가 당장 필요했지만 속수무책이었다.

아무리 눈을 씻고 보고 또 봐도 속옷은 고사하고 생리대로 쓸 천 하나가 보이지 않았다.

노란 원목 의자에 핏물이 뱄고 의자 밑으로도 흥건하게 핏물이 고였다.

나는 그 채로 열심히 걸레를 빨고 또 빨았다. 주방 한쪽에 마련된 욕실 타일 위에도 핏물이 흘러내렸다.

여자사람으로 사는 건 아주 성가신 일이라고 생각했다.

걸레로 썼던 면 티셔츠를 깨끗하게 빨아 전깃줄에 바짝 말린 뒤 알맞게 접어 기저귀로 썼다.

낡을 대로 낡은 손수건은 벌써 행주가 되었다가 푸슬푸슬 삭아가는 중이어서 아무런 도움을 주지 못했다.

기저귀를 빨아 말리는 동안은 의자와 그 밑은 또 그렇게 둬야 했다.

산모수첩

뒤져보려고 뒤진 건 아니었고, 농사일지는 일기든 읽어볼 맘도 없었다. 기저귀를 만들 만한 옷감이 혹시 있나 싶어 궤짝을 다시 뒤지다가 사진첩을 발견한 거였다. 사진첩은 사진을 빼내어 텅 비어 있었다. 다만 작은 수첩이 사진첩 안에 끼워져 있었다. 정확한 명칭은 〈소아건강수첩〉이었다. 대한소아과학회란 글자가 하단에 금박으로 박혀 있는 진녹색 얇은 수첩을 열자, 엄마의 필체가 보였다.

육아상담실 전화번호를 기입한 뒤에 형식에 맞게 나뉜 칸에다 아이의 이름(물론 송미라라고 쓰여 있었다), 생년월일, 아버지 이름, 엄마 이름, 주소(이 집 주소로 보이는), 전화번호, 출생 장소, 아이의 혈액형 등을 가지런히 기입한 장부였다. 나는 하단 마지막 칸에 기입된 〈출생시 계측〉란에 적힌 숫자들을 오래 들여다봤으나 실감이 없었다. 체중 : 3.32kg, 두위 : 34.5cm, 신장 : 52cm, 흉위 : 33.5cm.

몸통보다 머리가 1cm가 큰, 머리 크기에서 한 뼘 쯤 더 큰 키를 가진 3.32kg의 이 생물이 이 기록에 의하면 태어난 순간의 나란 말이었다.

세기말을 코앞에 둔 그해의 마지막 날 아침 여덟 시 이십이 분에 태어난 이 여아를 두고 부모는, 조부모는, 일가친척들은 이 아이의 스물네 살에 맞이할 세상은 어떠리라고 상상했을까?

아마도 대체로 거의 이 아이가 당시보다 더 나은 세상에 속해 있을 거라고 믿었을 것이다. 그러니까 기뻐했을 터이고.

종말에 가까운 재앙 같은 건 상상 속에서의 일이지, 실감을 하면 사람으로 살기가 쉽지 않은 법이니까. 또한 이처럼 가까이에 있는지 아무도 몰랐으니까.

엄마의 궤짝

나는 궤짝에 가득한 노트 앞에서 먼저 한숨이 나왔다. 그래도 아주 무료해지면 아무 노트나 빼들었다. 농사일지 같았다. 이런 거라면 다행이었다. 계절이 같은 노트를 모델로 삼아, 이 집에서 살아보기로 결심했다. 엄마는 화해할 수 없는 적과 같았지만 엄마의 노트는 이 생활에 유용할 듯 보였다.

산딸기 술

장날. 나는 오십 분을 걸어 나가 된장 한 통을 사왔다. 맘에 드는 화초 화분이 있었지만 들고 오십 분을 걸어올 엄두가 나지 않아 사지 않았다.

나는 아주 새로운 소설을 시작하고 있다. 〈마음〉에 관한 소설을 쓸 생각이다. 이 소설을 생각하면 쓰기도 전에 벌써 맘이 설렌다. 엄청 자유로운 형식이 되겠지만 흐름 하나를 가지고 갈 텐데, 벌써부터 손이 근질거리고 심장이 두방망이질 친다. 몇 년 만인가. 소설에 대해 이토록 열정적인 마음이 생겨난 게. 수년간 나는 소설에서 많이 떨어져 있었다. 핑계야 무수하겠지만, 나는 안다. 그저 마음이 소설에서 멀어진 탓이었다는 걸.

그전에 우선 그(그는 끝내 떠났다)와 내가 올봄에 함께 담근 산딸기 술을 물통에 담아야 한다. 술은 사각 김치통에서 너무 오래 숙성되고 있는 것 같다. 나는 패트병을 잘라 깔대기로 삼는다. 일단 이 일을 끝내고 식탁에 앉을 생각.

250cc들이 유리 잔 한 가득씩 따라 1.5L들이 생수통 두 개를 꽉 채웠다. 김치통에 남은 술을 마저 따랐더니 컵의 반이 채워졌다. 나는 그걸 단번에 들이켰다.

이 술을 우리는 함께 담갔다. 그랬다. 그런데 지금은 술만 이렇게 남아 있다.

나는 지금 투명한 유리잔에 다시 산딸기 술을 가득 채운다. 이 술과 함께 소설을 시작할 것이다.

일단 이 소설은 지금의 마음에 이른(이 소설을 쓰기로 작심한, 혹은 이 소설이 내게로 온) 지난 길들을 되짚게 될 것이다.

최근 나는 우연찮게 청소년 잡지에 실린 미미의 글을 읽게 되었다. 열다섯 살 미미의 짧은 글이 소설에 대한 열정을 불러일으켰다는 점을 나는 기록해 둔다.

미미는 내 딸이다.

내가 지금 쓰고자하는 이 소설의 절정에 미미가 놓여 있다.

자, 그럼, 시작해 볼까?

2012년 9월 11일. 화요일. 2:08 P.M.

※이 글은, 리처드 브라우티건에 대한 오마주다.

워터멜론슈가로[2]

갑자기 나는 정신이 아뜩해졌다. 엄마의 필체가 분명했고(나는 산동네 그 벽을 가득 메우고 있던 엄마의 낙서들을 정리한 경험이 있다), 2012년 9월하고도 11일이라고 일기에 날짜가 분명하게 적혀있다. 엄마의 기록에 의하면 그날은 화요일이었을 터이고 읍내에 장이 서는 날이었던 게 분명하다. 나의 이 실감을 돕기 위해 엄마가 그날의 날씨까지 기록해 뒀더라면 좋았을 것이지만 오늘처럼 볕이 나다 구름이 드리우다 했을 그 날에 엄마는 이 집에 있었다는 말이다.

엄마와 그 일행들(섬나라 한 공동체를 견학하기 위해 산동네를 떠났던 일행 중에 아빠는 끼어있지 않았으나 엄마를 찾겠다고 아빠가 후쿠시마로 건너간 뒤 아빠 역시 실종상태였던 그때를 나는 생생히 기억한다)이 지진해일에 휩쓸렸다는 보도는 2011년 3월의 신문이나 뉴스화면을 뒤지면 얼마든지 찾을 수 있다. 그런데 일 년하고도 반이 지난 때에 엄마가 여기 있었다는 말이다.

나야말로 독한 술 한 잔이 절실했다. 하지만 여기에 마실 게 물 말고 뭐가 더 있던가! 먹을 게 식물들 말고 무엇이 더 있던가!

나는 머리가 띵했고 몸이 흔들려 마당으로 들어온 키가 크고 콧수염이 멋진 남자를 처음엔 알아볼 수 없었다.

"하이!"

응?

"두 유 콜 미?"

"왓?"

"렛츠 고!"

"웨어?"

"투 워터멜론슈가."

'와이?'라는 물음이 채 끝나기도 전에 나는 워터멜론슈가로 이동되어 소나무 향이 가득한 오두막에서 그와 워터멜론슈가로 만든 와인을 나누고 있었다.

나는 영어로 대화하기를 포기하고 한국말로 그에게 물었다.

"당신은 이미 죽었지 않은가?"

"오, 예스."

"당신이 만든 이 세계는 허구가 아닌가?"

"오우, 댓츠 낫 트루."

"무슨 말? 워터멜론슈가란 곳은 없잖아. 당신이 지어낸 가상의 마을이잖아.”

“오우, 댓츠 낫 트루.”

“그럼 트루는 뭔데?”

“지금. 이 현재.”

“왓?”

퐁 또는 현수

“미미, 미미!”

날 부르는 소리를 듣고 눈을 뜨려했으나 내 눈은 멀쩡하게 열려있는 상태였다. 그래서 나는 소리가 나는 쪽으로 등을 돌렸다. 소나무로 만든 문을 열며 현수가 들어오고 있었다. 내 룸메이트며 파트너였던 퐁, 최현수였다.

퐁은 우리가 앉아있는 식탁에 자리를 잡고 앉았다.

그런데 나는 그를 더 이상 퐁이라고 부를 수가 없어서 입을 떼지 못했다. 어떻게 살아났는지 궁금했지만, 아무래도 이건 꿈인 듯했다.

“우리가 도와줄게.”

현수가 그렇게 말했다.

“뭘?”

내가 간신히 그에게 입을 열었다.

"생리대. 그리고 술."

나는 워터멜론슈가로 만든 뽀송뽀송한 생리대를 착용한 최초의 여성이 될 거였고, 조만간 알콜중독이란 병증을 얻어 리얼과 환의 경계에서 오락가락하며 붉은 코를 심볼로 삼은 출판사가 찍어내는 책의 작가가 될 운명인가 보았다.

"인정하면 돼."

현수가 말했다.

"디스 이즈 리얼 월드."

브라우티건이 말했다.

"괜찮아, 인마."

콧수염의 남자와 염세를 걷어낸 맑은 얼굴의 청년이 동시에 속삭였다.

그러나 나는 괜찮지 못했다.

밤

나란 인류의 초기는 내가 만드는 초기 물품들 안에서 싸리비와 새로 바른 문을 빼면 주로 먹거리와 관련되었지만, 그리고 리차드 브라우티건과 최현수의 믿기 어려운 도움들 속에서 구현

되고 있었다. 내게 필요하지만 내가 만들 수 없는 물품이 하루에도 서너 번 햇살 가득한 마당에 놓이곤 했다.

나는 여전히 낮의 사람이었다. 나는 여전히 밤을 받아들이지 못했다. 문제는 워터멜론슈가의 그들도 그렇다는 것이었다. 최현수도 브라우티건도 밤의 고요를 건너오지는 못했다. 하긴 그들은 고요에 대한 병적 두려움이 있던 사람들이었으니.

어둠이 숲 저쪽에서 서서히 다가오면 나는 윗방에 침낭을 깔고 잠자리에 들었다. 그럴 때면 언제나 간절하게 아빠가 그리웠다.

그런 밤엔 이 집을 찾아온 애초의 목적인 죽음을 생각했으나 나는 죽지 못했다. 워터멜론슈가산(産) 포도주가 끝도 없이 내 몸으로 흘러들 뿐이었다.

아빠가 너무도 그리웠다. 아빠가 연주하는 기타소리를 한 번만 더 들을 수 있다면 화해할 수 없는 적이었던 엄마를 용서할 수도 있을 것 같았다.

숲에서의 밤도, 거리에서의 밤도 이렇지는 않았다. 그런데 이 집의 밤은 무서웠다. 밤의 고요가 못 견디게 나를 슬프게 했다. 밤이 오면 나는 일찍 잠으로 도피했다. 쉽게 잠의 장막 뒤로 숨기 위해 낮 동안 틈 없이 몸을 고단하게 만드는 건지도 몰랐다.

피하고 싶은 밤은 그러나 길었다.

〈정원〉의 두 친구

햇살이 더없이 좋았다. 뜰에 앉아 뜰아래 돌멩이와 얘기를 하던 중이었다. 마당으로 들어서는 초라한 행색의 두 남녀를 나는 금방 알아봤다. 〈정원〉의 영호 오빠와 하연 언니였다. 세상에나!

이 재앙의 시기에 두 사람을 다시 만난 거였다. 그러나 그들은 마당에 서 있을 뿐 댓돌 위로 올라서지 않았다.

"너를 만났으니 이걸로 족해. 우리는 다른 곳을 찾아볼게."

하연언니가 말했다.

영호 오빠는 그저 언니의 말에 고개만 끄덕일 뿐이었다. 언제나 영호 오빠는 그랬다. 하연 언니로 인해 엔진을 돌리는 사람이었다.

"왜 그래? 나랑 여기서 같이 살자."

내가 마당으로 내려서며 애원했다.

"이 집이 우리를 마당까지만 허락하고 있어."

언니가 다시 말했다.

언니는 평온해 보였다.

조울증이랬던가, 양극성 장애랬던가. 암도 에이즈도 광우병도 다 고칠 수가 있는 시대였지만 마음의 병들이 우후죽순으로 번지고 있었다. 전염병도 아닌 것이 전염병 행세를 하며 다정한 마음들을 짓밟고 있었다. 신경정신과는 연일 문전성시를 이루며 정신과 의사와 심리치료사는 갈퀴로 돈을 긁어모으고 있었다. 언니 역시, 현수처럼 마음의 병을 앓고 있었다. 재앙 이전의 상황은 그랬다.

그런데 언니는 아주 평온해보였다.

"미미야, 잘 지내고 있어. 우리 분명히 다시 만날 거야. 그러니 이 이별에 마음 아프지 말자고."

영호 오빠가 내 어깨를 다독거렸다.

나는 떠나는 그들을 잡을 수 없었다. 집은 냉랭하게 그들의 등을 쏘아보는 것 같았다. 이 느낌이 저들을 여기서 밀어낸 것일 터였다. 한 순간 묘하게 토라지는 집의 변화를 겪은 나는 밭에서 고추 한 움큼을 따서 나가던 할머니의 장남을 떠올렸다. 들어갈 마음이 사라져버려요, 하던 그 목소리가 들렸다.

집이란 무엇인가?

이 집에게 내가 물은 두 번째 질문이었다. 이 집은 나의 무엇인가? 나는 그 물음을 물고서 콩밭 옆을 걸어 나가는 두 사람을 바라보고 서 있었다.

언니 오빠의 걸음은 경쾌했고 맞잡은 두 손은 정다워 보였다. 시원한 바람이 불었다.

하얀 언니를 향한 영호 오빠의 질문들이 바람을 타고 나에게도 날아왔다.

영호 오빠의 질문들

지구에서 몸집이 가장 큰 흰수염고래의 눈은 얼마나 클까?

겨울이면 더 북쪽으로 날아가는 두루미는 그 하늘에서 무엇을 보는 걸까?

인간은 어떻게 그토록 꾸밈없는 아이의 마음을 만들 수 있었을까?

시간은 강물처럼 흐르는 것일까? 아니면 풀처럼 자라는 것일까?

물 한 방울에 우주의 별들이 다 담길 수 있을까?

수천 년 전의 마음이 어떻게 지금까지 전해질까?

그러다가 오빠는 질문을 멈추곤 했다. 놀랍고 크고 아름다운 제 질문과 함께 오빠가 쓰러졌다. 오빠는 또 자기만의 비밀의 세계로 날아 들어간 거였다. 꿈의 세계로.

그는 꿈에서 제 질문들에 대한 답을 만나지만 꿈의 장면을 보고 듣고 느끼느라 답을 얻어나오는 데엔 늘 실패한다. 다만, 깨어나 비밀의 꼬리 끝이라도 만져지면, '아, 참, 슬프네. 조금만 더 있었으면 좋았을 걸.' 하는 것이다. 간혹은 또 밑도 끝도 없는 눈물을 주르륵 흘리다가 엉엉 소리까지 내어 울기도 하는데, 그럴 때엔 하얀 언니가 역시 밑도 끝도 없이 오빠를 안고 토닥토닥 위로해 주곤 했다. 지금처럼.

한참 길 위에 앉아 노닐던 오빠와 언니가 일어나는 게 보였다. 그들이 신작로로 접어드는 게 보였다. 두 연인은 더할 수 없이 행복해보였다.

땅거미가 내릴 때에 나도 세상에서 가장 보고 싶은 사람과 함께 있었다.

언니와 오빠가 주고 간 선물인 모양이었다.

아빠

벽은 무너지고 문틀만 남은 방, 갈라진 바닥 틈에서 눈을 반짝이는 생물들 속에서 아빠가 기타를 연주하는 중이었다.

이 집은 한 때 그의 집이었다. 이 방은 한때 그를 맹렬한 다정함으로 받아주던 방이었다. 그러나 지금 그가 삐걱대는 나무 의자에 앉아 있는 이곳은 방이 아니다. 벽은 허물어졌고 바닥

80
마음

엔 짐승들의 배설물이 두두룩 쌓여 있다. 뚫린 바닥 곳곳에 숨어 있는 놈들의 눈이 보인다. 까맣게 때가 끼고 살이 터진 발 하나를 뭔가의 배설물 위에 올려놓고 삐걱대는 의자에 앉아 아빠가 연주를 하고 있다.

누더기를 걸치고 앉은 뼈만 남은 앙상한 몸이 구부정하다. 산발한 머리가 어깨까지 늘어져 있다. 행색이 그와 같은데도 기타는 멀쩡하다. 누군가 방금 새로 사다 안긴 것처럼.

아빠의 연주는 여전히 훌륭하였다. 음악은 세찬 바람을 잠재우고 방이었던 곳에 고요히 내려앉는다. 지나가던 멧돼지와 토끼가 들어와 앉는다. 싸움을 하던 때까치와 매도 감나무에 앉아 깃을 접은 채 잠잠히 그의 연주를 듣고 있다.

그는 가만히 눈을 감은 채 읊조린다.

- 나에게 집이 있었지.

낮고 낮은 집이었네.

집은 낮아지고 낮아졌네.

사람들 그 집을 보고도 못 봤다하네.

그 집에 고운 각시가 있었지.

마음처럼 눈이 선한 각시였지.

각시는 어디로 갔을까.

사람들 내게 각시는 없다하네.

나에게 방이 있었지.

따스하고 아담한 방이었네.

그 방이 소리없이 무너졌네.

사람들 그 방이 이 방이라 하네.

미미는 지금 어디 있나.

그리운 미미는 어디에 있나.

어째서 우리는 사라졌나.

우리의 방들이 어디로 갔나.

바람아 너는 아니.

토끼야 네가 아니.

돼지야 네가 알까.

새들아 너흰 아니.

쥐들아 너흰 아니.

집이 있었다네.

방이 있었다네.

각시가 있었다네.

아이가 있었다네.

미미는 우리 애기.

나는 미미의 아빠.

내가 있었다네.

우리가 있었다네.

나는 아빠의 노래를 들으며 이 집에서 처음으로 편안한 잠에 빠졌다. 온몸을 돌아 나오는 눈물에도 익사하지 않고 누워 새벽을 맞았다.

동살이 숲을 터올 때 나는 뒤란 장독 위에 정화수를 떠다 놓았다.

한 죽음이 다시 실감되어 왔다.

그렇다. 나의 아빠는 이곳에 없다.

그렇다. 나는 아빠의 딸이다.

그렇다. 아빠는 엄마를 사랑했다.

그렇다. 아빠는……, 아빠는 성실했다. 인간으로 살다간 사람 중에 최고로.

2024년 9월 13일

워터멜론슈가는 이 집에서 딱 3년의 거리에 실재했다. 내 디지털시계가 2024년 9월 13일이라고 알려주고 있었다.

오늘은 할머니 기일이었다. 13년 전 그해 할머니는 며느리의 실종소식에 몸져누웠고 아들놈마저 섬나라로 떠나버리자 말을 버렸다. 반년 남짓 그러고 계시다가 조용히 이 세상을 뜨셨다. 슬픈 일이었다. 그때부터 나는 성질 더러운 친척집에 얹혀살기 시작했다. 대학생이 될 때까지.

내 손목시계가 오전 여섯 시 오 분을 가리키고 있었다. 나는 뒤란 장독 위에다 깨끗한 물 하나를 더 떠다 놓고 합장을 한 뒤 세 번 고개를 숙였다. 살아생전 할머니가 중요한 날 그러셨듯이.

3. 두 민감한 마음

숨 쉬는 집

밤엔 이집을 거쳐 간 수많은 영혼이 내려와 나의 설치작업들을 보며 쯧쯧 혀를 차기도 하리라. 아무렇든지 밤은 그들의 공간이니 투정할 수는 없다. 다만 그들이 나를 어여삐 봐주면 좋겠다. 아직도 난 그들과 만나기가 무서우니까.

그래서 밤이 내려와도 나는 형광등을 켜지 않았다. 대신에 나는 워터멜론슈가에서 가져온 초를 켰다. 촛불아래서 엄마의 노트를 아무데나 펼쳐 읽었다. 농사일지처럼 위장되어 있었으나 엄마의 노트는 소설작업 노트였다. 그저 일기였나? 모르겠다.

내가 아는 한 송미미의 엄마가 아닌 작가 은여여는 몇 개의 장면을 만들어 내는 데는 성공했다. 그러나 은여여는 장면을 넘어서는 세계를 만들지는 못했다.

〈은여여 작가가 만든 몇 개의 중요한 장면들의 목록〉

- 두 여자와 한 남자가 비 내리는 칠석날 밤에 강변에서 노니는 장면에서 뽑아낸 질투 없는 삼각관계.

- 부부의 싸움 와중에 남편이 날린 주먹을 받아주는, 유동하는 벽.

- 한 비루한 화가의 집에 묶인 누렁이를 묘사한, 말하는 개.

- 주로 시골의 노파들을 끌어들여 노파들의 환을 드러내는, 지역불명의 이상한 사투리들을 통한 이상야릇한 풍경들.

- 다이알 비누와 측백나무, 굴참나무 등으로 대표되는 향기 몇 개.

- 오막살이 초가집(이 집으로 보였다)에서 경험한 집의 숨결.

은여여씨가 만들어 낸 장면이 엄청난 환기력을 내포하고 있다는 것을 나는 인정한다. 그러나 그녀는 세계를 만들어 내지는 못했다. 하여 나는 그녀가 미덥지 않다.

다만 다시금 놀라는 바는 '집이 숨을 쉬고 있다'는 언술이다. 이 집의 숨결을 엄마도 느낀 모양이지만 그런데 이제 이 집은 나를 위해서만 숨을 쉬어줄 모양인 것 같다.

엄마의 노트 1

낮 내내 비가 내려 산책을 미뤘더니 몸이 찌뿌둥하다. 이 밤에도 추적추적 비가 내리고 있다. 처마 끝에서 떨어지는 물소리에 야옹이가 놀라 펄쩍 저 쪽으로 한 발을 뛴다. 지붕이 짧아 안 그래도 뜰은 벌써 축축한데 바람 하나가 물방울을 안으로 밀었나 보다.

꼬리와 엉덩이 양쪽에만 검은 털을 지닌 이 흰 고양이는 벌써 며칠째 우리집 뜰에서 밤을 보내고 있다.

밤비는 처마 밑에 달린 알전구에만 내린다. 내리고 있는 비를 보며 나는 가만히 야옹이를 안았다. 놈은 아주 편안하게 내 품에 안겨 나와 함께 비 내리는 풍경을 보고 있다.

산다는 건 잃어버린 지극한 마음을 기다리는 것인가 보다.
〈마음〉에서 나는 그걸 써야 하리라.

나는 작가다. 나는 이제부터 다시 작가다. 잊지 말 것. 이게 내가 다른 사람들을 만나는 나의 윤리라는 것을.

나란 인류의 규칙들

나는 나 외엔 다른 사람이 없었으므로 윤리가 필요한 건 아니었다. 대신 나는 나만의 규칙들을 세워나가기로 했다.

낮의 규칙들 : 6시에 일어나 한 시간 동안 천천히 숲을 거닐기. 거기서 새로 만나는 동식물의 목록 작성하기. 늦어도 7시 아침 식사. 식사준비와 식사에 한 시간 이상 투자. 설거지. 돌과 돌나물과 대화하기 한 시간. 콩밭 매기. 2시 경 간단한 간식. 간식 뒤에 텃밭 살피기 한 시간. 낮잠. 창고 농자재 중 하나를 골라 무언가 일구거나 가꿀 것. 6시 이전 저녁식사 마칠 것.

밤의 규칙들 : 촛불을 켤 것. 밤의 장막과 대면할 것. 장막을 밀고 나갈 것. 엄마의 노트를 읽는 건…… 밤에 할 것.

그리하여 나는 이제껏의 사람들이 그래왔지만 나로서는 거의 처음으로 성실하게 몸과 마음을 돌렸다. 내 몸을 돌리는 건 태양빛이었고 내 마음을 돌리는 건 밤의 고요였다. 그리고 아직은 화해할 수 없는 엄마의 노트들이었다.

엄마의 노트 2

토요일 아침 아홉 시 반.

이 아침, 다시 매미소리를 들으며 햇살을 맞이하고 있다. 이 집이 나의 공기번데기[3] 역할을 하기 시작했다. 마더 앤 도터. 나는 나를 꼭 빼닮은 딸 하나를 다시 낳을 모양이다.

운동회 날 아침 같은 서늘한 공기. 이 공기가 나를 설레게 한다. 〈마음〉은 엄마를 내버려 둬, 뭐 이런 제목을 부재로 단 그런 소설쯤이 되지 않을까?

나는 우선 모든 걸 제쳐두고 〈마음〉에 집중하겠다. 더 이상 마음을 잃어버리고 울지 않기를 바라지만, 하필이면 잃어버린 마음들에 관한 소설을 쓰고 있으니 나는 오전 중엔 마음을 좀 잃어도 괜찮을 것이다. 다시 추스를 오후가 남아 있으니.

1의 순수.
3의 순수.
그리고 2들의 순수.
그래. 어쩌면 2는 복수적 개념이다. 둘(마음을 낸 둘의 현재적이며 찰나적인)의 순수. 그게 〈마음〉의 주제이어도 좋겠다.
2가 전화를 해옴. 나는 다정하게 전화를 받을 수 없었음. 내 마음이 그랬음.

2의 존재가 흐려지고 있다는 생각. 이 직감 또한 사실과 크게 다르지 않을 것이다. 이것을 두고 "당신 사랑의 크기가 겨우 이 정도요?"라고 그가 말한다면 "그런가보네."라고 말해야겠지.

촉수를 의도적으로 무력화시키고 있는 나를 보는 일, 서글프다. 천천히 지워지는 그에게로 아직 나있는 길을 뒤돌아보는 일 역시 서럽다. 그러나 나는 서글픔에도 서러움에도 오래 빠지지 않으려 하고 있다. 이거야말로 이기적이라는 걸 그는 알아야 한다. 저의 길을 살려두기 위해 부리는 강새암이 이기적인 게 아니라.

가장 큰 배신은 죽음이다고 악마가 속삭인다.

죽기 전에 마지막 작품이란 생각으로 〈마음〉을 작업해 보기로 하며…, 나는 또 산딸기 술 한 잔을 마시고 있다. 이즈음 나는 중요한 마음 하나를 놓아버렸다. 스스로 잃어가고 있다. 나중에도 나는 이 시점을 기억하기 바란다.

감잎 하나가 떨어지네.
워터멜론슈가산(産) 촛불 아래서 밤에 나는 썼다. 엄마의 글 아래 비어있는 칸에다.

3은 현실이다. 나 또는 우리, 그리고 다른 하나, 그것과도 다른 또 하나를 포함한 현실. 3에 충실하지 않으면 나 또는 우리는 생성되지 않는다. 나와 너로 인해 생기는 빈 곳이 우리를 와르르 무너뜨리기 때문이다.(무슨 말인지……, 오랜만에 펜이 생겨 무언가를 적고 싶어져서…….)

나의 2는 누구였지?

현수였을까? 컴퓨터가 아니었을까? 나는 엄마완 달리 인간이 아니라 인간이 만들어 낸 사물들을 2로 삼고 두루 거쳐왔던 것 같다. 휴대폰, 엠피쓰리, 책, 노트북 등등.

아무리 기억을 뒤져도 나는 사람을 2로 삼은 적은 없었던 것 같다. 우리 세대의 특징일까?

나에게 1은 엄마의 1과 동일한 바로 그 사람이다. 그러나 나는 2도 3도 없었다. 도대체 3은 또 뭐지? 역사? 역사가 된 사람? 현수는 그럼 3?

그런데 나는 요즘 급격히 사람으로서의 2를 갈망하고 있는 나를 보게 된다. 나란 인류의 중기가 시작된 모양이다. 돌이나 콩, 새 말고 고도로 친밀한 마음을 나눌 사람이 필요하다.

엄마의 노트 3

다 고유한 사람들이니 이미 사라진 코드를 환기하며 애달파 말자.

숲이 고요하게 흔들리고 있다.

파리가 성가셔 마루의 새시문을 닫아두는 데도 어제의 파리 두 마리는 어쩔 수가 없다. 한참 가을인데도 파리가…… 성가시네.

아름다웠던, 지극했던 순간들마저 부정할 수는 없다.

〈마음〉 작업. 애초 아침에 흔들린 마음을 딛고 나오는 작업들이었는데, 오늘은 마음이 평온하니 어떻게 될지……. 기계적 드라마적 글쓰기가 되지 않도록 조심할 것.

편백나무 숲 산책. 해가 이미 중천인데도 안개가 짙다.

그래, 오늘 내 운세는 '오리무중'이었다. 안개 속에서 길을 찾아가야 한다. 당신도 그리고 나도.

나는 이제 당신이 어디에 어떤 모양으로 있더라도 내 마음에서 광풍이 일지 않게 존재할 수 있는 방식을 찾아야 한다. 당신이 절에 있든, 집에 있든, 성당에 있든, 대만이나 네팔에 있든, 우리들 나무가 훼손되지 않도록 나는 애쓸 것이다. 그렇더라도 머지않아 우리들 아름다웠던 숲은 사라지겠지.

쓸쓸한 일이다.

그래, 당신 뜻대로 나는 잘 자라주었다. 그런 내가 기특하며, 무엇보다 당신에게 고마운 점이다. 어쨌든 그 황홀한 코드를 내게 내민 적이 있으니, 그 힘으로 나를 다독이고 북돋운 것 아니겠는가!

나는 내가 존재해야 할 가장 평온한 방식을 찾고 싶다. 〈마음〉 작업이 나를 돕고 있다.

『워터멜론슈가』를 다시 정독할 예정.
〈마음〉에 대해.
결국 죽는 사람은 〈현수〉다. 현수가 이 산동네(이름을 뭐라고 줄까? 〈정원〉이라고 그냥 쓸까? 뭔가 밋밋한 느낌.)에 들어오며 겪게 되는 멤버들 간의 갈등. 바깥 동네와의 갈등. 일본인 피난민 촌과의 갈등. 세 구역으로 나뉘어진 상태. 서로들 반목하고 있는데 일본인 피난민 촌의 노인네 하나가 잔인하게 죽임을 당함. 그 용의자로 모두들 현수를 의심함. 현수는 온갖 위험에 노출되어 있다. 그리고 끝내 의문사한다. 자살을 택할까?

그때 미미는 어떻게 되나. 무너진다. 마음이 거대한 소용돌이를 일으키고, 그제서야 역설적이게 닫힌 마음이 열린다. 그 최초의 엄마의 낙서(마음을 잃었다는)는 최후의 엄마의 낙서에선 어떻게 바뀌어질까? 은작가의 최초 낙서가 겨냥한 마지막 끝지점은?

유혹된다는 것에 대해 고민해보자. 마음을 잃었다는 건 유혹당한 채 멈추어졌다는 뜻. 굳어버린 것. 어떻게 다시 마음이 움직이며 어떻게 다시 또 유혹당하는 것일까?
현수는 음울하고 어두운 외모, 분위기, 행동들로 드러나야 할 것이다. 현수는 〈꽃거지〉다. 생활이나 경제력은 하나도 없는데 생긴 건 원빈(그래, 한때 난 원빈이라는 배우를 퍽 좋아했었지. 다른 아줌마들처럼.)인 사람을 일컫는 말. 꽃거지.

구영감이 일본의 폐허를 보는 감상의 포인트 : 재앙은 영화에서처럼 스펙터클한 게 아니라는 점. 정지에 가까운 고요, 그 고요를 깨트릴 바람이 다 죽은 상태. 그게 재난이다. 사람이 모두 떠난 상태. 그러나 도시와 숲과 길과 하늘, 바람은 존재하는 것. 그게 재난이 만든 오브제가 주는 가장 끔찍함이다. 사람이 거기에서 빠져있다는 것이.

밤고양이 눈

엄마의 어떤 노트들은 믿기 어려우리만치 내 경험과 생각을 포함하고 있었다. 내가 겪은 일, 내가 가졌던 생각이 그대로 드러나고 있었다. 나는 사실 많이 놀랐다. 밤마다 노트들을 보느라 촛불에 타는 머리카락 냄새가 방안을 채웠다. 눈이 짓무를 지경이었다.

가끔 댓돌의 고요 위에 앉아 있으면 고양이가 밤마실 왔다. 내게로 다가오는 반짝이는 두 눈 중 한 쪽이 굿나잇- 했고, 다른 한 쪽은 좋은 하루였어- 했다.

그러면 나는 고마워, 하며 조금 울었다. 밤마당의 고요에 파문이 이는 게 보였다.

빨간 오토바이를 탄 할아버지

올 2월에 담은 된장(나는 이제 웬만한 먹거리를 만들 수 있을 만큼 이곳에서의 생활에 적응했다) 한 보시기를 푸는데 부웅- 길을 굴러오는 기계음 소리가 났다.

마당 귀퉁이 감나무 아래 빨간 오토바이가 멈춰섰다. 그 위에 키가 작고 깡마른 할아버지가 올라앉아 있었다. 할아버지가 나를 보며 말했다.

"안 갔네."

"갔다 왔어요."

내가 대답했다.

"감이 열두 개 열렸네."

할아버지가 소년 같은 미소를 보내왔다.

"열두 개나요?"

내가 말했다.

할아버지는 엔진이 켜진 채 서 있던 오토바이를 다시 돌려 마당을 나갔다. 오토바이 소리가 오래 길 위에 남아 있었다.

나는 열세 살까지 조부모와 함께 살았다. 집에서 자전거로 반시간 거리에 엄마아빠가 일하는 곳이 있었지만, 엄마 아빠는 고작 일 주일에 한두 번 귀가했고, 할머니와 할아버지와 함께 지내던 아이는 노인들의 냄새와 습성에 익숙해졌다. 그리하여 성인이 되어서도 나는 우리 세대가 지니고 있던 노인에 대한 두려움이 없었다.

이 가을에 온 산타클로스가 아니었을까? 나는 호박잎에 된장과 밥을 얹으며 생각했다.

그 후로도 종종 신작로를 지나는 산타클로스의 오토바이 소리가 났다. 별이 총총한 밤이면 밤에도 그 소리가 들려오곤 했다. 오늘처럼. 그러면 나는 내 곁에 할머니와 할아버지가 누워있다는 느낌 속에서 조금은 따스해졌다.

엄마의 노트 4

세상에 이 부실한 감나무가 매단 저 감들 좀 봐!
빨갛게 익어가는 감을 주렁주렁 매단 저 감나무 좀 봐!
나는 곁에 누가 있기라도 한 양 탄성을 질렀다.

오늘 나는 〈피난민 촌〉 부분을 완성해야 하며 다음 파트의 내용을 결정해야 한다. 만약 글에 속도가 붙는다면 밤에도 내내 작업을 해야 할 터다. 그렇지만 지금은 이 가을의 풍경을 눈에 담아두자.

노랗게 익어가는 저 벼이삭의 물결을 나는 보지 않을 수가 없구나.

우체부 아저씨가 편지 한 통을 전해주고 간다.

〈가을이 좋소. 별이 곱소. 하늘이 푸르오. 작업에 몰두해 있다니 내 맘이 좋소. 평온하오.〉

오랜만에 손글씨의 편지를 받으니 울컥 감동이 목구멍으로 올라오네.

그를 향한 마음을 정리한 후 쓰는 〈마음〉. 언제쯤 나는 이 행태를 벗어날 수 있을까? …… 곧바로 작업에 들어가지 못해 안달이 날 지경이라면 소설이 어느 정도 궤도에 올랐다는 뜻이겠지.

여기선 정말 가을을 맘껏 누릴 수 있다. 냄새부터가 그렇다. 이 맑고 깨끗하게 익어가는 냄새를 나는 어떻게 잡아둬야 하지?

어쨌든 이제 다시 〈마음〉으로 가자.

한 시간 뒤.

나는 아침이 아닌, 이 가을의 하오에, 이상하게 이제야, 마음이 흔들린다. 마당을 거닐고 호박꽃을 보고 숲에 나가 나무를 바라보다 돌아와 다시 책상에 앉았으나 마음은 더욱 호되게 날뛰고 있다. 극기. 나를 이겨내는 일도 쾌감이 있다는 말을 한 친구가 있었지. 그 애의 말을 따라보는 중이다. 무너진 흙담을 핑계삼아 그에게 전화할 순 있지만 그런다고 근본적으로 뭐가 달라진단 말인가.

춥고 피로하며 여기저기가 아프다. 잠깐 쉬자. 〈워터멜론슈가〉를 들고 방으로 들어가 눕자. 책을 보자. 그게 좋겠다. 지금 시간, 세 시 십육 분.

이십 분 뒤 다시 식탁.

나는 도저히 이 〈워터멜론슈가〉를 읽지 못하겠다. 이 책의 슬픔을 지금의 나는 받아들일 수 없다.

차라리 식탁에 앉아 감나무와 그 아래 호박잎과 꽃을 보련다. 새 소리를 들으련다.

3에게 '인간이란 게 뭘까.' 문자를 보냈다.

왜 갑자기 난 또 허전해졌을까?

3의 대답. 인간이 뭔지는 작가들이 대신 생각해줘. 인간이 뭔지를 생각하면 우리 같은 민초들은 갑자기 기분이 나빠져.

그런가?

나는 언제나 문자에 마음이 볶인다. 이 가을의 노랗게 물든 들은 그러나 마음을 진정시켜준다. 나는 풍경이 주는 서정을 끈질기게 거의 독재자처럼 흡수하고 싶다. 이 풍경 앞에 앉아 있으면 어쩌면 이 모든 상황은 내가 만드는 거짓이란 생각이 들기도 한다. 그렇다면 어서 빨리 진짜인 〈마음〉으로 돌아가야 한다. 더 거짓되지 않도록.

숲의 잎들이 일렁댔다. 숲에서 얼굴 하나가 걸어오고 있었다.

보고 싶은 얼굴

요즘 나는 엄마의 노트 빈 칸에다 자꾸만 무언가를 끼적이는 나를 발견한다. 워터멜론슈가산 펜은 끝이 알맞게 닳아 있어서 아주 잘 나간다.

내가 보는 숲을 엄마도 보고 있었다. 내가 보는 하늘, 전깃줄, 잠자리, 새들을 엄마 역시 보고 있었다.

풍경이 아직 남아 있는 곳에 나는 풍요롭게 존재하고 있다.

나는 궤짝에 남은 오래된 사진첩 하나를 떠올렸다.

그 사진첩이 텅 비어 있다는 걸 나는 알고 있다.

앗, 내 글을?

미미의 〈미미여사의 조용한 삶〉을 읽고 충격을 받았다. 상당히 멋진 글이었다. 작가적 소질이 있다. 굉장히 자연스럽게 자기 호흡을 따라가는 건 타고난 것 같았다. 거기다가 성실하게 머릿속에 맺힌 그 느낌을 좇는 자세가 훌륭했다. 나는 섣부른 평가를 삼가리라 다짐하며 다만 몇 군데 메모는 해 뒀다. 근데 왜 소설을 그렇게 갑자기 끝냈지? 날 닮아 뒷심이 부족한가?

뭐야, 이 여자사람작가!

미미여사의 조용한 삶

미미여사의 조그만 책방이 문을 닫았다. 간판도 없던 열 평 안팎의 공간을 아쉬워 할 사람은 아무도 없을 거라고 미미여사는 생각했다. 가끔 자신이 구운 빵을 가져와 커피를 함께 마시던 수산나 빵집 여자가 조금 아쉬울까? 책장에서 책을 빼어내어 노끈으로 묶어가며 여사는 고개를 갸웃댔다.

불가사의한 일이었다. 어느 날 일어나 보니 책의 글자들이 사라져버린 것이다. 처음엔 책이 너무 오래되어 낡아버려서 글자들이 희미해진 거라고 여겼었다. 그렇게 보이기도 했다. 잘 들여다보면 글자의 흔적들이 보이는 것도 같았다. 그러나 그게 아니었다. 여사의 책방에 꽂혀있는 책의 글자들이 모두 사라져버린 것이었다. 완전한 백

지였다.

여사가 이 사실을 받아들이는 데엔 꼬박 두 달이 걸렸다. 당연히 여사는 처음엔 눈에 이상이 생긴 줄로 알았다. 읍내에 하나뿐인 의원에서는 전문 안과를 가보라고 했다. 도시의 전문 안과에서는 쉰 넷이나 된 미미여사의 눈은 노안도 아직 오지 않은 건강한 상태라는 것을 확인해주었다. 갸웃대고 또 갸웃대다가 어제 드디어 여사는 수산나 빵집 여자에게 책 한권을 내밀었다.

"어머, 이건 책이 아니라 공책인데요?"

여사보다 열 몇 살은 어린 수산나 빵집 여자의 눈은 초롱초롱했다. 반짝이는 그 눈을 보며 여사가 고개를 끄덕거렸다.

"이게 바로 내가 책방을 닫는 이유에요."

빵과 커피가 어우러진 고소한 냄새를 채우고 있는 책방을 둘러보며 여사가 말했다. 그러나 빵집 여자는 말뜻을 제대로 이해한 것 같지는 않았다. 그 책을 파본쯤으로 여기는 게 분명했지만 여사는 다른 책을 다시 빼내어 여자에게 보여주는 수고를 하고 싶지는 않았다.

여사는 안 그래도 스스로가 사람들을 격동시키는 쪽의 사람이라고 걱정을 해오던 터였다. 사람들을 차분히 가라앉혀 그들 자신들을 안심하게 하는 인물이 아니라 그들을 불안하게 만드는 쪽에 있는 사람, 즉 사람들을 자신의 손아귀에 넣고 제압할 수 있는 쪽의 사람이 아니라 고삐 풀린 망아지처럼 날뛰게 만드는 사람이 바로 여사 자신이라는 생각이 들었다.

여사는 수산나 빵집 여자가 매일 아침 신선한 빵을 구워내는 데에 무리가 없게 하고 싶었다. 아무런 의심도 없는 그녀의 순진무구를 그저 내버려 두는 게 낫다고 믿었다. 이 모든 책의 글자들이 사라졌다고 하면, 수산나 빵집도 무사치는 못하리라. 이 젊은 여자도 미미여사처럼 감정조절능력이 상당히 결여되어 갈 터이고, 사람들과 만나는 걸 피하게 되리라, 짐작되었다.

미미여사는 폐점의 낌새를 아무도 눈치채지 못할 만큼 일상적인 속도로 빵집 여자의 말을 빌자면 이제는 '공책'이 되어버린 책들을 스무 권 씩 묶어 책방 한쪽에 쌓아두었다. 트럭 한 대로는 모자랄 터이지만 우선 트럭 한 대가 얼마큼의 책을 처리할 수 있는지 보자는 심사로 여사는 재게 손을 놀려 책을 묶어갔다. 그야말로 파지값만 받고 처리하는 거지만 내용이 없는 파지이니 밑진다는 느낌이 들지 않았다.

누런 종이 묶음으로 전락한 책들은 표현하기 힘든 부담감으로 먼저 작용해왔다. 그 다음엔 그 빈 공간에 자신의 필체로 무언가를 적어보고 싶은 유혹으로 다가왔다. 그 유혹이 나중엔 어마어마한 책무로 여겨져 마음을 짓누르기에 이르렀다. 만여 권의 책은 물론 미미여사가 한번쯤은 읽은 책들이었다. 어려서부터 취미가 독서였으나 실제로 글을 쓰겠다는 생각을 이틀 이상 지속적으로 품어본 적은 없었다. 자신의 마음을 흔드는 문장들을 만나면 간혹 '나도 글을 써보고 싶다'란 생각이 불쑥 솟아났으나 그건 하루를 넘기지 않는 생각이었다. 글을 쓴다는 것에 대해 최근 두 달 만큼 치열하고 진지하며 지속적으로 생각해 본 적은 없었던 거였다. 실제로 여사는 '공책'이 된 책 한 권을 책상에 펼쳐놓고 잉크를 가득채운 만년필을 쥐고 매일 아침 글을 시도하곤 했었다. 그저 '공책'이 아니라 '책이었던 공책'인 까닭에 여사는 차마 함부로 손이 놀려지지 않았다. 그래서 택한 게 노트북이었다. 노트북의 한글 파일에 빈 문서를 띄워놓고 여사는 아무 글자나 타이핑을 하기 시작했다. 가나다라마바사……가 맨 처음 여사가 굼뜬 손을 놀려 박은 글자들이었다. 미미미미미미미미미미……. 그 다음은 자신의 이름이었다. 아주 싱거운 짓이라는 생각만 드는 일이었다. 여사의 손은 낱말이상의 문장을 만들기엔 역부족이라고 여사는 금방 알아챘다. 그리하여 여사는 자신이 턱없는 욕망에 사로잡혀 있다는 것을 금방 알아챘고 아무 어려움 없이 그 욕망을 벗어나기에 이르렀다. 글자들이 사라진 '공책'을 책으로 복원할 수는 없다는 결론, 헌책방을 폐점하자는 결론에 이른 것이었다.

출입문에 달아놓은 풍경의 은은한 소리가 실내에 울려퍼졌다. 이

소리는 언제나 여사의 마음을 건강한 긴장으로 잡아채주는 소리였
다. 평생 독신으로 살아온 여사가 세상과 만나는 소리이기도 했다.
그러나 어수선한 책방의 실내는 보이고 싶지 않은 치부여서 여사는
불편한 맘으로 등을 돌렸다. 미미여사는 습관적으로 목장갑을 벗으
며 출입문에 들어선 검은 물체를 마주했다. 흐린 날씨 탓인지 실루
엣이 도드라지는 데엔 약간의 시간이 필요했다. 큰 키를 가진 중년
의 남자였다.

"어떻게 오셨는지요?"

여사의 물음과는 다른 대답이 큰 키의 남자에게서 나왔다.

"아이쿠! 이사를 가시나보군요?"

아침 여덟 시. 조용하던 읍내가 깨어나 각자의 소음을 발산하는 시
간이라 남자는 조금 크게 소리를 내었다. 야채 장사의 트럭에서 울
려퍼지는 스피커와 막 시동을 건 차 소리, 차르륵 셔터 올리는 소리
등이 동시에 들려와 갑자기 조용한 읍내가 화들짝 놀라며 눈을 뜨
는 때였으므로 낯선 남자의 높여진 목소리를 충분히 이해할 수 있
었으나 여사의 불안감은 더욱 상승되었고 그로 인해 기분이 몹시 상
해버렸다.

여사는 아침의 소리들에 민감했다. 아침은 여사가 제어할 수 있는
낮은 소리들, 소리라고 할 수 없는 숨결들로 채워져야 했다. 그리하

여 대부분 여사는 이층의 살림집에서 아침의 고요를 충분히 맛보고 새로 열린 하루로 나서곤 하였지만 오늘은 이 책방에서도 그 고요를 지닐 줄로 짐작했던 건데 낯선 불청객이 이렇게 여사의 고요를 깨버리고 있는 거였다. 여사는 이 낯선 남자를 경계하고 있었다. 용건을 선뜻 말하지 못하는 것을 보자 여사의 경계심은 더욱 단단해졌다.

"무슨 일이신가요?"

미미여사는 어쨌든 이 남자를 빨리 내보는 단계를 순서대로 밟아 가려고 서둘렀다. 그러나 남자는 아직 싸지 않은 쪽 책들을 둘러보며 해작질을 하고 있을 뿐이었다. 보다 심각한 것은 미미여사의 마음에 공포가 조금씩 자라나고 있다는 사실이었다. 여사는 왼손을 집어넣어 주머니 속에 들어있는 휴대전화를 잡았다. 여차하면 인근 파출소에 전화를 할 참인 것이다.

평생 독신으로 살았지만 그 독신의 세월에도 불구하고 여사는 무엇에든 잘 놀라는 심장을 지닌 사람이었다. 애초부터 겁이 많은 여자였다. 겁이 많은 여자가 평생 혼자 살아왔다는 점은 무언가 산뜻하게 이해되기는 어렵다. 어쨌든 겁이 난 여사는 남자를 야멸차게 쏘아보지도 못하고 어정쩡하게 서 있었다. 남자가 느릿느릿 다가오자 여사는 더욱 경직되었고 경고를 보내는 모양으로 휴대전화를 꺼내들었다.

"이번에 이 지역에 국**외**의원으로 출마한 박장수입니다."

남자가 악수를 청하며 손을 내밀었으나 여사는 절묘하게 그 손을 피해 책꾸러미를 한쪽으로 옮겨놓는 시늉을 했다. 그러며 국회의원에 출마했다는 자가 행색이 초라하고(그는 등산화에 우중충한 등산복 차림이었다) 무엇보다 말투가 자연스럽지 못하다고 여사는 경계를 늦추지 않았다. 게다가 국회의원 출마자란 이가 명함을 먼저 내미는 건 고금천지의 진리인데 그는 그저 순수하게 빈손을 내밀고 있었다.

"어디 멀리로 이사를 가십니까? 아니면 근처로 가시는 건가요?"

여사는 그의 질문에 어떻든 대답을 해야 할 것인데, 이사를 가는 게 아니라고 사실대로 말하기가 어쩐지 내키지가 않아서 아무 대답도 못하고 있었다. 그제서야 남자도 여사가 자신을 경계하고 있다는 것을 눈치 챈 모양이었다. 아무 말 없이 그는 출입구로 향했다. 다행히 그대로 나가줄 모양이어서 미미여사 마음이 적잖이 가벼워지려는데 문을 연 그가 손짓을 하며 입을 열었다.

"여사님, 잠깐 이리로 나오시겠습니까?"

"네?"

미미여사는 불에 덴 듯 펄쩍 놀라며 당황한 기색을 감추지 못하고 어째야 좋을지 망설이는 모습을 고스란히 드러내기에 이르렀다.

"지금은 가정을 방문해서 명함을 돌릴 수 없는 때거든요. 길에서 만난 분들에겐 명함을 돌려도 되지만요. 그러니까 이 문을 나가서 길에서라면 제가 여사님께 명함 한 장을 드릴 수 있겠고 그러면 여사님이 저를 이토록 경계하지는 않을 것 같아서 말입니다."

그의 재촉이 그만큼 간절했던 모양으로 미미여사는 출입구 쪽으로 걸음을 옮겼다. 풍경소리의 여운이 감돌고 있는 실내를 천천히 가로지르는 여사를 큰 키의 남자가 기다리고 서 있었다.

길바닥으로 내려서며 남자가 주위를 살피더니 조심스럽게 말했다.

"우주에 심각한 불균형이 초래되어서 여사님 책의 글자들이 소환된 것입니다."

어쩐 일인지 그의 얼굴엔 희미하게 웃음이 묻어 있었다. 그것도 흐뭇한 빛깔의 웃음이.

잘났어, 정말

나는 화끈거리는 얼굴을 세수대야에 담가놓아야 했다.

엄마는 이 글을 공들여 필사해 놓았다. 열다섯 살 가을, 사라진 줄 알았던 엄마가 이 방에서 전국학생 문예지에 실린 내 소설을 필사하고 있었다. 빨간 펜으로 이러저러한 첨삭을 하며. 이

건 뭐, ……, 기똥찬 반전이긴 한데…….

나의 2는 어쩌면 엄마였을까?

빌어먹을!

이건 아니지.

엄마의 노트 14

3시 36분. 늙은 호박 두 개가 묵직하게 앉은 호박밭 앞에 의자 하나를 놓고 〈워터멜론슈가〉를 다 읽었다. 난해한 부분이 있었고 나는 2라면 그 난해한 부분을 알기 쉽게 말해줄지도 모르겠다는 생각을 했다. 하지만 나는 금방 2에게 흐른 상념을 찾아와 호박 두 덩이 곁에 버렸다.

이 워터멜론슈가는 지금의 나를 거짓 없이 반추하게 만든다. 좋은 글들은 우리가 지닌 거짓을 벗긴다. 거짓이 벗겨져도 아프지 않을 만큼 깨끗한 얼굴로 우리를 바라본다.

산딸기 술 몇 잔을 마셨다. 그 뒤 갑자기 슈가 마을의 인보일 일당들처럼 자폭.

나는 이 작가가 궁금하다. 불행히도 그는 49세에 자살을 했다.

이 세계는 확실히 신화적이지만 그 세계를 작가가 찬양한 건지 비

꼰 건지 아니면 그저 인간세계의 운명을 그렇게 드러낸 건지, 판단이 되지 않는다.

나는 세계를 창조할 능력도 없으면서 심지어 게으르다.

내가 운 대목 – 마가렛이 자살한 사실을 알고 난 뒤, 그녀의 오빠가 주인공에게 말했지.

"잘된 거야. 누구 탓도 아니야. 그녀는 마음이 아팠던 거야."
동생을 자살로 이끈 상대 앞에서 네 탓이 아니다라고 말할 수 있는 그 경지를 나는 아직 모른다. 빌어먹을!

나는 〈마음〉에서 엄마 은여여와 딸 송미미를 동시에 살게 될 것 같다. (왜 갑자기 이런 생각이 튀어나오는가?)

나는 내 작품이라고 우기기 위해 내 목소리를 너무나 과도하게 집어넣고 있다. 이 단계를 벗어나지 못하면 지루함을 면치 못하리.

변소 노란 나무문에 모여 있는 저 햇살에서 나는 왜 세계를 보지 못하는지…….

〈마음〉을 쓰는 이유는 다른 무엇도 없다. 바로 지금의 이 마음이 닫히지 않도록 스스로에게 힘을 주려는 거다. 몇 이 글을 읽을 사람들을 생각하며(거기에 가장 우선은 당신이다) 나를 다지는 것, 이게 내가 〈마음〉을 쓰는 이유다. 이 사실을 잊지 말고 분투하여 이루어 내길!

작업을 시도하나, 잘 되지 않는다. 그냥 나는 오늘 이집 변소 노란 문에 스며드는 햇살만을 보련다. 아무 일도 하지않겠다. 해가 지기 전까지 눈에 드러나는 것들을 그저 보겠다. 당신인 듯.

댓돌에 떨어지는 눈물 두 방울

내가 세운 규칙을 깨고 한낮에 댓돌에 앉아 엄마의 노트를 읽으며 좀 우울해하고 있는데 브라우티건이 마당에 떨어지는 햇살 같은 눈부신 웃음을 콧수염에 매달고 마당에 들어서는 게 보였다. 이 노트 덕인가? 그를 오랜만에 다시 보게 되어 나는 아주 기뻤다.

"물품들은 잘 받고 있지? 너를 초대하고 싶어도 너무 먼 곳이라, 내가 오는 게 낫겠다 싶었지. 미미, 보고 싶었다."

그가 말했다.

"와우- 반가워. 나도 보고 싶었어. 현수는?"

내가 물었다.

"세상에 드러날수록 가짜인 것 같아서, 그냥 거기 있겠다네. 안부 전해달래."

그가 말했다.

"고마워."

내가 답했다.

우리는 댓돌 하나씩을 차지하고 앉아 마당에 내리는 여우비를 구경했다. 워터멜론슈가로 만든 와인이 우리들 손에서 햇살을 받아 반짝였다. 브라우티건은 내내 그렇게 잔속에 햇살을 담아내다 땅거미가 내리기 시작하자 돌아갔다.

"자주 와줘."

내가 부탁했다.

"글쎄, 현수랑 뭐 좀 하고 있어서 자주 올 수는 없을 것 같아. 그래서 온 거야. 당분간 우리는 워터멜론슈가를 떠나 있을 거거든."

그가 말했다.

"어디에 가는 건데?"

내가 물었다.

"네가 아직 만들지 않은 장면 어딘가에 우리가 있을 거야. 후 훗."

그가 웃으며 손을 흔들었다. 친구는 어스름에 발목이 잠긴 채 마당을 밟아나갔다. 보이지 않는 그의 발걸음을 좇는 내내 눈이 시렸다. 댓돌에 눈물이 한 방울 떨어지는 소리가 났다.

엄마의 노트 98

어제 당신이 했던 말이 이 말이었던가?

"우리 서로에게 미안해, 라는 말은 하지 않을 만큼……, 그렇게 지내야 하는 거야."

그런 말이었던 것 같다.

나는 그 말을 이렇게 해석한다. 최선을 다해 우리 사랑하자. 서로를 절대 버리지 말자. 버려지지 말자. 이런 뜻으로 이해하려는 나를 발견한다.

정오의 뜰.

조붓한 뜰이 양지와 음지로 정확히 나뉘면 시계는 정오를 알리는 기계음을 냈다.

나는 양과 음을, 드러난 것과 가려진 것을, 실체와 그림자를 고즈 넉이 바라보곤 했다.

그늘엔 내 신발이 들어와 있었다. 그늘은 순식간에 몸을 불려나가 반시간이 안 되어 볕의 기운을 잠재웠다. 뜰을 타고 넘어가 그 아래로 흐르는 그늘을 보느라 내가 세운 낮의 규칙들이 깨지는 때가 있었다. 그런 날의 숲은 유난히 더 고요했다.

한 시간이 더 지나면 뜰아래 놓인 댓돌마저 그늘에 잠겨버리곤 했다.

나는 어서 집으로 돌아가 송편을 빚어야 하는 게 아닐까? 그런 생각을 했다.

작품 어딘가에 땅에 묻은 곰이와 곰이 외에 강아지 세 마리를 다시 등장시켜야 하겠다. 고양이도 한 마리 등장시키자. 그들이 떠날 때 그 애들도 데리고 가는 것으로 진행시킬 것.

2:38분. 숫자들이 눈을 떠 깜빡 대네.

샴쌍둥이. 심장을 하나 가진 샴쌍둥이는 하나를 위해 하나가 희생되어야 한다. 나는 그를 위해 기꺼이 우리가 공유한 이 심장을 줄 수 있어야 하리라.

두렵다.

하지만 씩씩하게! 내 심장이 아프면 세계도 아플 거니까…….

그런데 〈마음〉은 어떻게 쓰이고 있는 소설인가! 내 마음자리가 내는 길로 열리고 있지 않은가. 내가 이겨내길! 이겨내기를…… 내 심장이…….

무너진다, 모든 게 무너져 내린다. 내가 아직 완전히 무너지지 않은 건 아마도…… 이 비 덕인가보다, 라고 나는 거짓말을 하고 있다. 내가 아직 완전히 무너지지 않는 건, 내 나무가 아직 자라나고 있기 때문이다.

그런데 내가 나를 벗어나면, 나무도 죽어버리는 걸까?

뿌리 뽑혀진 나무들. 나무들이 깨끗한 바람에 이파리를 흔들지 못하면 숲은 이미 숲이 아니다. 나무는 모두 우람할 필요는 없다. 가녀리고 작은 나무도 함께 흔들리는 숲. 숲이라 칭해도 좋을 곳으로 스며드는 바람은 그래서 언제나 깨끗해야 하는 것이다.

하지만 바람은 광풍조차도 특유의 순수가 있다. 우리는 그걸 이미 알고 있었다. 단지 우리들 숲이 같이 흔들릴 줄 몰라서 한 예민한 나무가 저 혼자 그 바람을 죄 받아 안았던 거란 걸 우리는 모르지 않았다.

가장 두려운 건 죽어버린 나무를 보는 거겠지. 그러니 살려내야겠지.

밤이 깊다. 빗소리에 쓰르라미 울음이 묻힌다.

내일 할 일

〈마음〉의 하이라이트를 고민할 것.

대재앙 이후에도 인류가 함께 모여살 수 있다면, 그건 왜일까? 그리워하는 마음 때문이라는 것.

대재앙이 정말 물리적인 자연의 폭력으로 발생한 걸까?

우리가 마음을 잃어서다. 서로의 마음을 느끼는 그 섬세를 잃어서 새로운 세팅이 필요했던 거다.

연민

나는 이제 솔직히 말하고 싶다. 이 여자사람작가는 자기 방의 벽에다 그리고 노트에다 자기를 거짓 없이 죄 내려놓았다. 자기 외에 말할 사람이 없어서였을 터다. 나는 나에게 솔직하게 말하자. 들을 사람이 아무도 없으니.

불쌍하다, 당신.

나는 울었다. 나는 은여여, 이 여자사람작가가 불쌍해서 울었다. 내 엄마만 아니라면 얼마든지 위로해 줄 수 있을 거였다. 그러나 그 여자사람작가는 내 엄마다. 나는 이번엔 내가 불쌍해져서 또 펑펑 울었다.

마침내 당신이 상상한 대재앙이 실현되었다. 당신의 놀라운 예감에 경의를 표한다. 울며 나는 그렇게 중얼거렸다.

가을의 네다섯 시

호박잎 뒤에서 마음 하나가 걸어 나왔다. 천천히 마당가를 밟아갔다.

감나무는 더 자라지 않았기에 줄기에 매어놓은 전선줄 하나도 키가 여전했다. 함석지붕 위로 감잎 떨어지는 소리가 났다.

제가 손수 못을 박아 만든 변소의 노란 문에 이우는 햇살이 붉게 타오르고 있었다. 변소의 흙담은 틈이 벌어져 곧 무너질 것처럼 보였지만 아직은 괜찮은 듯도 보였다. 싸리나무 울타리 뒤로 전봇대가 역시 우뚝 솟아있었다. 마당 입구는 여전히 정겹게 입을 살짝 벌리고 누군가를 한참이나 기다릴 태세였다.

쇠죽을 끓이던 가마솥은 삭아서 영 볼품이 없었고 부뚜막은 갈라졌지만 아직 외양간의 여물통은 멀쩡했다. 어린 송아지가 어미 소의 젖을 빨고 있었다.

건장한 사내가 웃통을 벗고 엎드려 누군가가 부어줄 한 바가지의 물을 기다리고 있는 우물가에 마음이 잠시 멈춰섰다. 마음은 기다리는 남정네의 등에다 시원한 샘물 한 바가지를 부었다. 푸르륵 시원한 웃음이 피어났다.

호박잎 뒤에서 나와 마당가를 천천히 거닐던 마음이 이제 안채의 뜰 밑을 천천히 거닐었다. 뜰아래 놓인 돌멩이들을 지나와 댓돌 앞에 섰다.

그 댓돌을 밟고 내려오는 발을 보고 있었다.

소쿠리를 들고 미나리를 뜯으러 부엌을 나선 마음과 딱 맞닥뜨린 거였다.

소쿠리를 들고 총총히 마당을 가로지르던 마음이 잠깐 뒤를 돌아보았다. 조심스럽게 다시 호박밭으로 발을 옮기던 마음과 눈길이 마주치고 말았다.

두 민감한 마음이 만난 자리에 가을 햇살이 반짝거렸다.

가을의 네다섯 시 무렵.

밤의 방문객

엄마의 궤짝은 이제 잠이 들었다. 미미도 하품을 하며 워터멜론슈가에서 보내온 색색의 하트 무늬가 그려진 파자마 잠옷을 잘 찾아 입고 잠에 빠져들기 시작했다. 집이 곤한 잠 속으로 빠지고 있었다. 벽에 걸린 동그란 시계도 가다 말다 꾸벅꾸벅 조는 바람에 시간이 둥그런 궤도를 이탈하곤 했을 때 조용히 현관문이 열렸다.

총총한 밤하늘 별 하나가 이 집의 현관문을 열고 들어왔다. 후줄근한 그이에게서 땀내와 단내가 맡아졌다. 필시 걸어온 모양이었다. 그이가 털썩 식탁에 주저앉았다. 건장한 청년의 걸음으로라도 힘들었을 길을 한쪽 다리마저 절고 왔을 그이는 땀에 절어 모양새가 딱 빨래였다. 식탁에 앉아 오들오들 떨고 있는 그이 머리에서 모락모락 김이 피어올랐다. 몸 전체가 연기에 휩싸인 꼬라지가 식탁을 참으로 울컥하게 만들었는데 다행히 식탁은 워터멜론슈가에서 아침에 배달된 막걸리 한 통과 순대 한 접시를 낼 수 있었다. 식탁정리를 잊은 이집 주인 미미가 식탁은 그처럼 고마울 수가 없었다.

꾸벅꾸벅 졸던 촛불도 눈을 반짝 뜨고 그이를 바라보았다. 큰 길가에서 부웅- 오토바이 소리가 났다. 그이는 대접에다 막걸리를 따랐다. 미나리 김치 한 보시기와 젓가락이 놓여 있었다. 모두들 잠에 빠진 밤이었다. 그이는 사람들에게서 멀리 떨어져 있다는 소외감이 아닌 저 방에 사람이 있다는 그 적막함에 빠져들었다. 익숙한 것들이었지만 자신을 너무 쉽게 받아들인다는 생각이 들었다. 신작로에서 다시 부웅- 오토바이 소리가 났다.

식탁은 눈을 비비며 하품을 삼켰다. 이 하루가 아직 끝나지 않은 것이었다. 돌아가지 않은 방문객이 아직 여기에 남아있었다. 촛불도 감기는 눈꺼풀을 치떠야했다. 아직은 깊은 잠에 빠져서는 안 될 시간, 식탁은 낮게 저를 낮추었고 촛불은 다시 온기를 퍼뜨렸다. 방문객은 조용히 노래를 시작했다.

- 날 저무는 하늘에 별이 삼형제 반짝반짝 정답게 지내이더니
  웬일인지 별 하나 보이지 않고 남은 별이 둘이서 눈물 흘린다

모든 이들이 어둠 안에 스미어 제 빛을 내는 밤이 오늘도 오고야 말았다. 그 밤을 건너온 방문객 하나가 이 집의 식탁에 앉아 있었다. 빈속에 들이켠 술기운 탓인지 이내 꾸벅꾸벅 졸기 시작했다.

4. 그들이 세계에 존재하는 방식

새벽

새벽이 식탁에 머리를 박고 졸고 있는 방문객의 머리 위로 밝아왔다. 하트 무늬 잠옷을 걸친 여자의 부스스한 머리 위에도 그 빛을 드리우고 있었다. 소문과 함께 약간 쌀쌀하게 찾아오고 있었다.

재회

나는 이 집의 온도가 달라졌다는 걸 알았다. 이 집을 둘러싸고 있던 자장이 달라졌음을 금방 눈치챘다. 4년의 시간 동안 한 번도 느껴보지 못한 이질감을 느끼며 마루를 지나와 주방문을

121

열었다.

식탁에 엎어져 잠든 사람이 있었다. 나는 주방으로 내려서지 못하고 약간 놀라고 있었다. 두려움은 아니었으나 분명히 놀라움이 있었다.

이 집은 언젠가 할머니의 장남이 말했듯 이곳에 들어오려는 자들의 마음을 돌리는 묘한 기운이 있었다. 〈정원〉에서 함께 어린 시절을 보냈고 현수의 자살소동으로 엄마의 낙서를 정리할 때에도 만났던 영호 오빠와 하연 언니가 신발을 벗지 못하고 댓돌에서 걸음을 돌려 나간 일도 있었다. 이 집은 아무나 받아들이지 않았다. 무시로 드나들 수 있는 건 브라우티건과 빨간 오토바이의 할아버지뿐이었다. 물론 이 집은 여기서 살도록 나를 끌어들인 집이기도 하지만.

내가 여기서 산 이후 누구도 이 집의 실내에까지 들어온 자는 없었다. 그런데 이 집이 누군가를 받아들인 것이다. 집이 받아들인 어떤 사내가 어깨를 떨더니 식탁에 처박고 있던 고개를 들었다.

"…… 새벽씨?"

나는 깜짝 놀랐다. 재앙 이후 내가 최초로 만났던 인간의 얼굴을 나는 선명히 기억하고 있었다.

"숲의……?"

그도 곧바로 나를 알아봤다. 그의 얼굴이 어두워진 걸 나는 놓치지 않았다.

내가 이 기이한 만남에서 어떤 상념도 이끌어내지 못한 건 마당으로 들어오는 오토바이 엔진소리 탓이었다. 더군다나 오토바이의 엔진을 끈 할아버지가 주방 현관문을 노크까지 했기 때문이었다. 웬일인지 새벽씨는 참담한 표정이 되었고 털썩 의자에 주저앉았다.

무엇이 어떻게 되어가는지 알 수 없었지만 집은 바짝 긴장하고 있었다. 나는 문을 열었다.

추적자

"장 스테파노, 결국 여기에 숨은 거냐?"

할아버지가 죄인처럼 고개를 숙이고 있는 새벽씨 앞 의자에 앉아서는 낮은 소리로 물었다. 목소리엔 엄중한 꾸지람이 스며 있었다.

"미미, 넌 자리를 좀 피해주어야겠다."

나를 향한 목소리에도 그 엄중함이 배어 있었다. 하긴 명령이었으니까.

나는 내 부모의 집, 지금은 내가 지키고 있는 이 집에 무단침입(무단침입은 아니겠다. 문을 열어준 사람은 나니까)하여 새벽씨와 나에게 알 수 없는 질타를 하고 있는 노인네를 밀쳐내고 싶었으나 그러지 못했다. 나는 다시 마루를 걸어와서 윗방으로 들어왔다. 알 수 없는 힘이 불평이 흘러나왔을 나의 목소리를 잠재우고 내 걸음을 얌전히 내가 누웠던 방으로 옮겼던 것이다.

멀지 않은 곳에서 두 남자의 목소리가 들려왔지만 그 어조만 전해질 뿐 무슨 이야기를 나누는지는 전혀 알 수 없었다. 할아버지는 여전히 새벽씨를 나무라는 투였고 새벽씨의 말은 너무 짧아서 어투를 가늠해 볼 수도 없었다. 나는 새벽씨가 무슨 죄를 지었나, 하는 의혹이 들었고 갑자기 그가 가련해졌다.

내가 세운 낮의 규칙들이 밖에서 나를 바라보며 있었지만 나는 겨우 이부자리를 걷은 게 전부였다. 벽에 기대어 앉아 나는 자꾸만 주방으로 자라나는 귀에 뺨이 얼얼해 있었다.

할아버지는 분명히 미미 너라고 했다. 내 이름을 알고 있었다. 내가 언제 할아버지에게 이름을 말했던가? 기억을 더듬어보았지만 할아버지와 얘기를 나눈 건 워터멜론슈가에 다녀온 뒤에 단 한 번 뿐이었다. 그게 다였다. 오토바이 소리는 여러 번 들었다. 어떤 날은 하루에 두어 번이 들려오기도 했다. 신작로를 내

달리는 모습도 몇 번 봤다. 하지만 이 집 마당까지 들어와서도 그냥 쓰윽 둘러보고 나갈 뿐이었다. 우리가 목소리를 나눈 건 그 한 번이 전부였다.

재앙에 살아남은 이 마을 분이거나 그리 멀지 않은 곳에 나처럼 이렇게 멀쩡한 집이 있어 기거하는 분이라고만 어림짐작해 보곤 했었다. 그런데, 오늘의 모습은 마치 추적자 같은 느낌이 났다. 영화나 드라마에서 자주 보던 젊고 건장한 사내는 아니었지만 그들 못지않은 저 포스는 뭐지? 나는 괜스레 마음이 떨렸다. 우선은 새벽씨에게 볼 일이 있는 것 같았지만 다음은 내 차례일 게 분명했다. 미미, 넌 저기에서 잠시 기다리고 있어. 할아버지는 그렇게 말했던 것 같다. 이마에 식은땀이 배어 나왔다.

마침내 할아버지가 나를 불렀다. 나는 천천히 일어났다. 대재앙 순간의 흔들림과 유사한 어떤 흔들림이 나를 휘청거리게 했다.

할아버지의 정체

식탁을 사이에 두고 할아버지와 새벽씨는 마주보고 앉아 있었다. 의자가 둘 뿐이어서 나는 벽면이 막고 있지 않은 식탁의 나머지 한 면 앞에 섰다. 제가 앉은 의자를 양보하여 권하는, 사람이 함께 살던 시대의 에티켓을 요청하기에 한 사람은 나이가 높았고 다른 한 사람은 지쳐있었다. 나는 그대로 선 채 나를 부른 할아버지의 입을 주시하고 있었다. 마음 안의 동요에도 불구하고 나는 대체로 침착해 보일 거였다. 당당하게 보이려고 애를 썼으니까.

"미미야, 네가 결정을 하거라."

나는 우선 할아버지가 내 이름을 어떻게 아는지 물어보고 싶었으나 그 질문은 내가 결정할 무엇보다 더 중요해 보이지 않았다. 나는 내 마음의 동요를 들키지 않도록 목소리 대신 고개를 끄덕여 대답했다.

"두 가지다. 우선 첫 번째는 스테파노 이 자가 이곳에 살도록 허락하겠냐는 것인데, 결정은 너에게 달려있다."

역시 이번에도 나는 새벽씨가 여기에 살고 말고를 어째서 할아버지가 그토록 엄중한 말로 묻는지 궁금했으나 그새 더 초췌해진 새벽씨의 몰골 탓에 이 질문도 다음 기회로 미뤘다. 그러나 이것 하나만은 알아야 했다. 나는 배에 힘을 주고 너무 빠르거나 너무 느리지 않도록 조심하며 입을 열었다.

"이 집은, 엄밀히 말하면 제 집이 아니에요. 오래전에 여기에 살았던 건 분명하지만, 그때도 이 집이 우리들 소유는 아니었어요. 내가 알기론 우리 부모님도 이 집을 세내어 살았거든요. 그러니까 이 집은 애초부터 우리 게 아니었고, 또 지금은 누구나 집에서 살 권리가 있는 그런 때라고 생각해요. 세계에 남은 사람이 몇이나 된다고, 너 나가! 이러겠어요. 먼저 찾은 놈이 임자도 아니고…… . 또 함께 살 수 있을지 없을지는 살아봐야 아는 걸 텐데, 어째서 할아버지께서는 나에게 그런 결정을 하라고 하시는지 모르겠네요."

내 말은 뭔가 두서가 없었지만 내 마음의 동요를 가려줄 만큼은 맥락을 지닌 채 발설되고 있었다. 가만히 내 말을 듣고 있던 노인네는 조금 심술이 나는지 입을 삐죽댔다. 그러더니 갑자기 또 슬며시 미소를 지으며 말했다.

"네 말이 옳다. 사람이라면 누구나 집에서 살 수 있어야 하지. 잘 찾아보면 집은 쌔고 쌨을 거야. 사람들이 한꺼번에 다 사라졌으니까. 그런데 말이다. 한 집에 너처럼 이렇게 오래 살며 집을 가꾸는 사람은 드물단다. 그러니까 실은 이 집은 네 집이지. 네 소유라는 증서는 사람들이 서로 불신하며 경쟁할 때 얘기지 않느냐? 너도 눈치를 챘겠지만 지금은 집이 받아들여야 그 집에서 살 수 있는 시대가 아니냐? 그러니 이 집은 네 것이지."

나 역시 할아버지 말에 백 퍼센트 동감했다. 할아버지가 다른 말을 꺼내기 전까지는.

"그러니 스테파노 이 자의 집이 아니란 말이지. 그리고 이 자는 실은 약간의 문제가 있단다. 그래서 내가 이 자를 데리고 어디를 가야해. 그런데도 이 자가 집 주인이 허락하면 그 허락한 시간만큼은 이 자를 데려가려는 그곳에 가지 않아도 된다는 그 조항을 들먹대며 네 의사를 물어보자고 이렇게 조르고 있단다. 이 자가 이 집에 살며 이 자와 내가 함께 가야할 그 곳에 가는 시간을 벌겠다는 속셈인 거다. 그러니 우선 네 결정이 긴급히 필요하고 중요한 거란다."

이번엔 나는 조금 빠른 속도로 물어 보았다.

"그 곳이 어떤 곳인데, 이 분이 그 곳엘 가려하지 않는 거죠?"

이 질문은 두 남자 모두를 당황하게 만들었다. 누구도 쉽게 입을 열지 못했다. 대답을 못한다는 건 사안이 간단치 않기에 할 말이 많아서일 수도 있고 맞서는 두 의견의 충돌이 가져올 파장이 만만치 않은데 그럴 시간이 없을 경우였다. 내가 누군가의 질문에 선뜻 대답하지 못했던 때는 바로 그 두 경우 중 하나에 걸려서였다. 나는 스스로 내 질문을 철회했다. 이런 질문은 누가 대답을 해도 쉽게 결정이 나는 게 아니었으니까. 질문을 제대로 던지지 못했으니 질문을 철회하는 것도 나여야 했다.

내가 말했다.

"이 분이 여기에 살도록 허락할래요. 나에게 그런 권리가 있다는 할아버지 말씀을 믿고 감히 이런 결정을 하는 거지만 아직도 좀 우습긴 하네요."

내 말을 듣는 내내 새벽씨는 고개를 숙이고 있어서 그의 얼굴에 드러나는 그의 마음을 살펴 볼 기회를 주지 않았다. 할아버지는 시쳇말로 쿨하게 내 결정을 접수했다. 그러더니 내가 받들어야 할 마지막 결정의 내용을 말하기 시작했다.

"좋다. 그럼 스테파노 이 자를 데려가지 않겠다. 대신 너는 이제 더 중요한 결정 하나를 수용해야 되느니라."

떨림을 들키지 않으려고 뻗대고 있던 두 다리의 힘이 쫙 빠져서 '더 중요한 결정'이 남았다는 말에 심하게 휘청댔다. 어지러웠다. 그러나 두 남자는 여전히 앉아서 간신히 서 있는 나에게 중요한 결정을 통보하려는 중이었다.

"넌 아직 모르는 것 같다만, 조만간 엄청난 추위가 몰려올 거라는 소문이 있단다."

난 할아버지의 말을 협박으로 여겼다. 그런 소문을 들은 바도 없었으며 소문이란 건 그 소문을 퍼트릴 만한 규모의 사람들이 존재했을 때나 가능한 일이었기에.

4. 그들이 세계에 존재하는 방식

"그러면 이처럼 온전하게 보존되어 있는 피난처들도 흔적 없이 사라질 것이다. 그때엔 집과 함께 사라질지 다시 또 피난의 길을 떠날지를 결정해야 하겠지."

할아버지가 천천히 내 눈을 들여다보며 말을 쉬고 있는 까닭에 나는 우선 할아버지의 말에 동의를 한다는 표시로 고개를 끄덕였다.

"그때 미미 너처럼, 선한 맘으로 스테파노 이 자와 같은 사람을 도운 사람들은 불행히도 다른 피난의 길은 없단다. 단 한 가지 외엔. 이 자와 같이 내가 지금 이 자를 데려가려는 곳으로 이주될 거라는 것, 이것이 너의 첫 번째 결정으로 생겨난 중요한 마지막 결정이지."

뭔가 비장한 기운이 가득했지만 나는 이 집안에 감도는 그런 기운은 할아버지가 새벽씨를 두고 떠나가면 사라질 기운으로 여겼다.

"알겠어요. 그래야 한다면 그러지요. 그 결정에 따를게요."

우리 셋이 서 있는 마당은 어제처럼 고운 가을 햇살이 쏟아져 내리고 있었다. 할아버지는 빨간 오토바이에 올라타고 사람의 얼굴에 드리운 표정이 저처럼 복잡하면 사람이라고 할 수 없겠다 싶은 얼굴을 잠깐 내보였다가 이내 마당을 빠져나갔다. 오토바이 소리가 아주 멀어져 다시 새소리와 바람소리가 들려올 즈음까지 새벽씨와 난 댓돌 하나씩을 차지하고 앉아 있었다. 누구도 먼저 말을 꺼내지 못했다.

뭐야, 추적자처럼 와서 전령사처럼 떠나시네. 말이 없는 그를 바라보며 나는 속생각을 했다.

그의 고백

"고맙구나. 너도 네 엄마처럼 당차구나. 무모하고."

정오의 햇살이 따사롭게 느껴질 만큼 쌀쌀해진 날씨 탓에 우리는 햇볕 가득한 마당에 멍석(물론 워터멜론슈가산이다)을 깔고 떨어지는 감잎을 머리에 받아 인 채 커피를 곁들인 토스트로 아점(아침 겸 점심)을 하고 있었다.

나는 엄마라는 말을 듣는 순간, 이 사람을 허락한 건 내가 아니라 엄마라는 걸 깨달았다. 뜬금없고 맥락 없는 생각이었으나 그 생각이 틀림이 없다는 걸 직감했다.

"우리 엄마를 아는가?"

내가 물었다.

"네 엄마의 독자였지. 그냥 독자도 아니고 열혈 독자였다고 할 수 있지."

독자라는 말을 듣자 그가 엄마와 연관이 되었다는 찝찝함을 조금은 걷어낼 수 있었다. 그저 독자였다면 뭐, 아무리 광적이었다 해도 참아줄 수 있을 것 같았다. 그 관계는 내 맘을 크게 흔들 사안은 아니었다. 그래서 나는 할아버지의 얘기를 들으며 궁금했던 것들을 먼저 물어보지 않을 수 없었다. 이를테면 너는 왜 할아버지에게 쫓기고 있었나. 또 할아버지랑 당신이 가야하는 곳은 어떤 곳인가? 나도 나중에 거기 가야하는 거니 당연히 가장 궁금한 질문은 후자였으나 나는 좀 전에도 답할 수 없는 (징검다리를 놓지 않은) 질문을 철회한 기억이 선명했으므로 차분히 징검다리를 놓으며 물어갔다.

"내가 쫓기고 있다고 보여졌나?"

그는 나를 빤히 바라보며 질문인지 자책인지 애매한 어투로 이야기를 시작했다.

"그럼 그들이 나를 밀어낸 게 아니라 내가 스스로 나온 거란 말이군."

그는 잠시 바람이 떨군 나뭇잎 하나를 바라보느라 호기심에 불타고 있는 내 눈을 보지는 못했다. 그는 대체로 나를 외면한 채 덤덤하면서도 조리 있게 그가 떠나온 세계를 설명해 나갔다.

"너와 내가 숲에 이른 날, 난 알았지. 무슨 까닭인진 몰라도 세계가 온전히 보존되어 있는 구역들이 존재한다는 소문이 사실이란 걸 믿게 되었지. 너는 소문을 전혀 듣지 못했나?"

그가 잠깐 나를 바라보며 그런 질문을 했을 때, 나는 다시 예전 인간들이 어울려 살던 시대에 맛봤던 느낌, 그건 너무도 익숙한 느낌이어서 나를 불쾌하게 만들었는데, 그 느낌에 다시 놓인 나를 황망히 바라볼 수밖에 없었다.

그 시절 대부분의 나는 그저 숲의 아지트에서 혼자 지내고 싶다는 마음뿐이었다. 문득 되돌아보면 나는 내가 원하지도 않았던 모습으로 다른 이들 앞에 서 있었다. 그러며 나는, 굳이 다른 이들 앞에 일종의 장애들을 내보이는 것보다야 차라리 혼자 안에서의 적막이 낫겠다 싶어지곤 했다. 그러나 이 적막조차도 한 가지 걸렸던 것이, 간혹 내가 무음 속에 오래 머물다 보면 의식은 멀쩡히 살아서 제 일만을 하는데, 비록 내 속절 안에 있지마는 의식의 밖에서 시도 때도 없이, 통제할 수 없이 새어나오는 것들, 열등감인지 실망감인지, 혹은 다른 무엇인지는 몰라도, 그들이 나도 모르는 사이에 서로가 서로를 파고들다가 최후에는 형체를 알아볼 수 없을 정도로 괴이하게도 얽혀 쉽게 풀어지지 않는 일이 빈번했다. 그러면 나는 이들이 어디에서 왔는지도 모르고서 하루를 자괴에 빠져 보내곤 했다.

그때도 그리고 지금도 달라지지 않은 건, 내겐 소문 따위가 고일 여백이 없다는 것.

"그래, 난 아무 소문도 못 들었어."

내가 입을 삐죽대며 대꾸했다.

"너와 숲에서 살아볼까도 생각했지. 그땐 정말 그래도 좋을 것 같았어. 그러나 나에겐 찾아야 하는 사람이 있었지. 그리고 그 사람이 어디에 있는지도 알았어. 원체 그런 거잖니? 새로움 앞에서 우린 머뭇거리지. 그 새로움에 홀딱 빠져서 옛것을 밀치고 새것을 취하는 건 인간의 좋은 자세가 아니라고들 교육되어져 왔으니까. 나는 새로움과 오래됨 사이를 잠시 오갔지. 그러며 새로움이 주는 어마어마한 힘을 오래된 친밀감으로 눌러 놓는 데 성공했지. 너에게 말은 못했지만 너와 함께 가고 싶었다. 이기심이지. 오래된 그 친밀감을 찾는다는 보장도 없었고. 하지만 너는 그 숲에 남았지. 그 숲에 너를 남겨두고 나오던 길을 그래서 나는 지금도 잊을 수가 없다."

그의 말은 모호했다. 내가 궁금한 건 그의 속내라기보다 그가 본 세계, 그가 도망쳐 나온 그 세계였다. 나는 나도 알 수 없는 부산한 동작들로 그가 그 얘길 하도록 자극했을 터였다.

"차치하고. 어마어마한 추위가 올 거라는 노인네 말은 사실이야. 빙하기보다 더 혹독할 거라는 예측이더군. 말 그대로 종말이 아주 가까이 와 있다는 건 틀림없어 보인다.

내가 찾은 사람이 전한 진실이기도 하고.

그래. 난 다행스럽게도 내가 찾아야 할 사람을 찾았단다. 그 사람이 속한 세계는 제법 안락하기까지 했단다. 내가 세계라고 부를 만큼 규모도 상당했지. 사람들 사이에서 사람들이 사라진 건 대재앙 탓이 아니라 바로 그 세계 탓이라는 생각이 들 정도였단다.

하지만 너에겐 정말 미안하게도 그 세계는 그냥 마치 영화 속 같더구나. 나는 스스로 뭔가를 선택하여 할 일이 없었단다. 극본이 이미 짜여 있다는 느낌을 지울 수가 없었단다. 난 그걸 참을 수 없었지.

아무리 쾌적해도 실감이 없더구나. 모든 상상력이 발휘된 이상향이지만 벗어날 수 없는 막이 있었지.

그래서 난 도망쳤어. 날 도운 건 네 엄마였어."

그가 흐릿하게 그려주는 세계를 좇기도 바쁜데 그는 다시 내 엄마를 들먹였다. 엄마라는 존재와 얼마간 화해를 해가던 나는 다시 엄마를 적대하는 맘으로 넌떡 넘어가버리고 말았다. 그래서 그 세계를 좀 더 알려달라는 말이 쏙 들어가 버렸다. 궁금한

4. 그들이 세계에 존재하는 방식

마음이 사라져버렸다.

"역시, 엄마는 살아있군. 그래. 난 엄마가 죽었다는 실감이 어떤 경우에도 들지 않았거든. 살아 있었어. 여자사람작가인 그 사람이."

나는 식은 커피를 마시며 재차 확인했다. 이 사람은 내가 받아들인 게 아니라 엄마가 종용한 이 집이 나 몰래 받아들였다는 사실을.

미세한 변화들

집 문고리가 반 뼘쯤 아래로 내려와 있었다.

큰 줄기가 수직에서 3도쯤 오른쪽으로 자라있던 감나무는 그 기울어진 방향을 왼쪽으로 바꾸고 있었다.

문의 틀들 역시 벽으로부터 미세하게 벌어져 있었다.

주방과 마루 앞에 놓인 두 개의 댓돌엔 가장 안쪽에서부터 일(一)자의 균열이 발생했다.

텃밭에 심은 작물이며 채소의 빛깔이 어두워졌다.

전깃줄에 앉아 내 행로를 쫓는 잠자리는 이제 겨우 두세 마리가 다였다.

매미는 세차게 우는 대신 무언가의 눈치를 보며 울었다.

편백나무들이 잘려나가고 있었다. 새벽씨, 스테파노란 이름의 그가 빽빽했던 숲을 헐겁게 만들고 있었다.

예고되었다는 추위 탓인지, 이 집에 새로 들어와 사는 새벽씨 탓인지, 그저 나의 착각인지 알 길 없었으나 미세하게 이곳이 달라지고 있었다.

장 스테파노 신부

사람들이 어울려 살던 시기에 나의 직업이 학생이자 작가였다면 그의 직업(그는 소임이라 불렀다)은 신부였다.

이 집에 살게 된 그는 목수 같았다. 그는 열 평 남짓한 외양간을 수리하는 일에 온 하루를 다 바치고 있었다.

편백나무들이 외양간 수리에 이용되었다. 숲을 이룬 나무들은 우람하지는 않았다. 빽빽하게 자라난 나무들의 줄기는 큰 키에 반해 심하게 가늘었다. 반으로 켜지 않아도 될 가는 통나무가 뚫어지고 벌어진 지붕과 벽을 막았고 꺼진 바닥 네 귀퉁이에 놓여 그 흙바닥 위에 깔릴 마루를 상상하게 만들었다. 그는 내가 볕에 말려 쌓아둔 마룻널이 있는 곳을 귀신같이 찾아냈다. 땅을 파고 숨겨둔 건 아니었으나 쉽게 눈에 띄지 않는 뒤란 작은 창고를 향하는 그의 걸음은 그 창고를 이미 아는 자의 것이었다.

그는 무모하리만치 그 일에 매달렸다. 나는 식탁에 와 앉지 않는 그를 위해 숲으로 식사를 날랐다. 예전 사람들이 모여 살던 시대의 농촌 드라마에서 봄직한 장면들 속에 우리가 있었다. 밭일을 하는 남자를 위해 여자가 새참을 내와 광주리를 사이에 두고 그윽하게 마주보는 그런 장면들을 떠올리면 충분할 것이다. 물론 우리는 그윽한 눈으로 서로를 마주본 건 아니다. 단지 그런 구도 안에 놓여 있었다는 말이다.

우리는 신랑각시가 물론 아니었고, 서로가 더 따져 들어가지는 않았지만 엄마라는 존재가 중간에 놓여 있어서 실은 처음 만났던 숲에서 보다 서로에게 좀 더 조심하는 사이였다.

나는 큰 추위가 와서 이러한 집들이 다 사라질 거라는 얘기를 들은 이후 마음이 얼마간 이곳을 떠나는 참이었다. 한 순간에 사라질 거라면 성실히 집을 돌보고 밭을 일굴 까닭이 없었다. 소문은 설치미술가처럼, 혹은 부지런한 농부처럼 굴며 집의 안팎을 살뜰히 가꾸던 그 마음을 앗아가고 말았다.

그런데도 그런대로 이곳의 삶이 흥미가 있는 건 새벽씨 때문이었다.

사람들이 살던 시대엔 그나마 내 관심의 사람은 현수였다. 그러나 지금 새벽씨에 대한 관심에 비하면 그건 조족지혈에 불과

했다는 걸 나는 알았다.

숲에서 하룻밤을 함께 한 뒤의 관심은 호르몬이 자극한 감각적 관심이었다. 육체적 관심이라고 해도 좋을. 그러나 지금의 관심은 그것과는 상당히 다른 형태였다. 존재적 관심이랄까?

그는 왜 신부가 되었나?

그는 왜 외양간을 고치는가?

그는 왜 이곳에 머무는가? 어딘가에 있는 그곳으로 가기 싫어서란 건 핑계 같다.

그는 어째서 나에게 왔는가? 나에게 온 건 아니겠지만 그런 생각이 들곤 한다.

그는 정말이지 뭔가?

나는 왜 그에게 몰두하는가?

그에 대해 생각하다보면 그 끝은 언제나 나에게 돌려지곤 했다.

폐업

빨간 오토바이를 탄 산타클로스가 왔다갔다.

"이상한 일이네. 강아지가 이 편질 물고 있더구먼."

그는 정신이 좀 좋지 않은 상태로 보였다. 내 이름이 적힌 편지라 뺏어 들고 온 거라며, 잠시 들른 거라고 허둥대더니(그는 지난번 그 일 때문에 우리에게 조금 미안한가 보았다) 서둘러 떠났다.

브라우티건이 보낸 편지였다. 워터멜론슈가는 이곳에만 물품을 대어준 게 아니었던 모양이었다. 하기는 그 세계를 아는 사람이 나 혼자라고만 할 수는 없는 일이었다. 그 곳은 이미 오래전부터 세상에 드러난 놀라운 세계이지 않은가!

결국 워터멜론슈가가 사라질 처지에 놓였다는 전갈이었다. 브라우티건과 현수에게 해야 할 일이 생겼다는 것은 아마도 이 사태와 관련되어 있었을 것이다.

나란 인류의 초기를 굳건히 받쳐주던 그 세계의 위기 앞에서 나는 오랜만에 그들이 보내준 물품들을 하나하나 눈에 담았다. 촛대, 초, 밥상, 눈사람이 들어 있는 액자, 그릇들, 공구들, 아직도 뜯지 않은 한 박스의 생리대, 행주, 휴지, 걸레, 잠옷, 외출복이라고 보내준 옷 몇 가지, 이불, 베개, 뒤에 햇볕가리개가 있는 모자, 빵, 와인, 실내화, 열두 개들이 연필세트와 칼, 각설탕처럼 생긴 지우개 한 상자, 수건 한 상자, 송어가루로 만들어진 차(tea), 왜 주문했는지 알 수 없는 포대기 하나, 그리고 손거울 하나……. 손거울을 보며 나는 눈물을 떨구었다. 눈물은 브라우티건의 편지가 놓인 탁자에 떨어졌다.

멋진 필체였다. 그새 한글을 익힌 모양이었다.

브라우티건의 편지

하이, 미미.

현수에게서 한글을 배웠는데 읽고 쓰는 게 꽤 재미가 있네.

현수는 지금 워터멜론슈가로 돌아가 있단다. 나는 우리가 이주해 올 곳에 와 있어.

끝까지 너를 돕지 못해 어쩌지?

우리 쪽 상황이 예상보다 좋지 않단다.

우리들 생각보다 많은 인류가 살아남은 모양이야. 내 예상보다 사람들이 우리 세계를 많이 알고 있었던 모양이다. 호오- 나, 대단하지?

미미, 어쨌든, 이렇게 소식 전할 수 있어 다행이다.

새로 온 룸메이트가 있다던데, 괜찮은 놈인가?

돌아다녀보니 세상이 참 넓구나. 할 일도 많네.

다가올 재난에 대해선 이미 들은 걸로 안다.

그 전에 내가 너를 맞이할 곳을 만들어 놓을게. 나만 믿고, 즐겁게! 씩씩하게! 용감하게!

내가 찍은 사진 한 장 동봉한다.

우리처럼 세계를 만든 다른 곳인데, 굉장하더군. 우리 세계에 참고가 될 만하다 싶구나.

잘 지내고 있어.

– 리처드 브라우티건

사진 속 풍경

연녹색의 불빛이 새어나오는 유리로 된 거대한 건물 하나가 있다. 눈 쌓인 평원에 세워진 구조물에서 불빛이 새어나오고 있다. 그 불빛을 지키려는지 사방에 자라난 짙은 초록의 나무들이 울타리를 만들어 유리건물의 불빛을 내려다보고 있다.

상록수의 대열 뒤로는 사방이 그저 평원이다. 눈이 쌓인 평원의 끝없음.

막막한 풍경이었다.

우사공소(牛舍公所)

새벽씨가 편백나무 은은한 향기를 지닌 기도소를 완성한 날은 마침 첫눈이 내렸다. 푸짐한 눈은 아니었으나 첫눈치고는 질기게 오래 눈발을 날리던 하오였다. 그는 문 앞에 현판 하나를 거는 걸로 두 달 동안의 작업에 마침표를 찍었다.

우사공소.

"공소가 뭐야?"

내가 물었다.

"신과 나, 너와 나, 모두가 함께 있는 장소란 뜻으로 쓴 거다."

그가 오랜만에 발랄한 목소리로 대답했다. 그의 얼굴엔 부드러운 미소가 흐르고 있었다. 저 부에노스아이레스 사람[4]이 만든 꿈꾸는 도인이 저러할까 싶게.

"왜 이걸 만들었지?"

"네 엄마 부탁으로."

"자꾸 네 엄마 네 엄마 그러는데, 당신이 만난 그 여자가 내 엄마란 증거 있어?"

"은여여. 송미미 모친 아닌가?"

나는 말문이 막혔다.

"송민우. 네 아빠 이름."

"그냥 우리 엄마 소설 좋아한 광팬이었다며?"

"맞아. 그 전엔 두 사람과 잘 아는 친구였지."

"우리 아빠랑 친구였어?"

"그래. 너 태어나던 날 내가 병원도 갔었지. 세상에 갓 나온 너를 봤단 말이지. 아, 예술이었어. 그땐 참 이뻤는데."

나는 다시 할 말을 잃었다.

"게다가 네 이름을 그 무수한 우(佑)자들의 바다에서 구해준 것도 나였지. 송순우, 송남우, 송인우, 송은우, 송현우, 송연우, 송근우, 송만우, 송강우, 아이고, 뭐 그런 식이었단다. 출생신고 날짜를 넘겨 벌금 내게 생겼더라. 그래서 내가 제안을 했지. 미미 어떠냐고? 아름다움의 제곱. 미미."

나는 이제 아예 포기하고 너는 짖어라, 하는 심정으로 어깨를 축 늘이고 있었다.

"혹시 〈정원〉과도 관계있어?"

"왜 아니겠어. 거기 초기 멤버인데. 은여여 송민우를 끌어들인 것도 나지."

나는 이젠 아주 참담해졌다.

"거기서 나를 본 적 있어?"

"여러 번. 그 중 기억에 남는 장면 하나를 말해줄까?"

나는 무심코 고개를 끄덕였다.

"겨울날이었고, 마침 오늘처럼 눈도 내리던 날이었다. 너는 하연이 영호랑 어울려 커다란 눈사람을 만들었지. 그리고 떡볶이를 먹으러 안으로 들어왔어. 그런데 넌 오뎅 하나만 먹고는 바로 마당으로 나갔지. 커다란 눈사람 앞을 맴돌더니 다시 안으로 들어와선 뭘 가지고 나가더라. 모자였지. 눈사람에게 모자를 씌워주며 한참을 또 눈사람을 바라보더니 손을 내밀며 말했지.

'넌 눈사람, 난 그냥 사람. 나도 너처럼 눈사람이면 좋겠다.'

그랬지. 그때 눈사람 뒤에서 누군가가 나왔을 텐데?"

나는 홍당무가 되어 그를 바라보았다.

"산이 삼촌?"

그가 낄낄대며 호탕하게 웃는 걸 보았다. 저 웃음은 틀림없는 산이 삼촌 거였다.

삼 촌 장 산

"엄마 아빠랑 친구란 건 거짓말이야. 그때 삼촌은 대학생이었어. 고작 대학생이었다구!"

나는 억울함을 과장하며 외쳤다.

"친구 맞아. 늦깎이 대학생이었다니까."

"그래도 삼촌은 서른 살 정도였어. 엄마 아빠 사십대를 넘겼고."

"잘 아네. 네 엄마랑 10년, 아빠랑은 12년, 너랑은 18년 차이가 났지?"

나는 이내 무안해졌다. 그 시절 언제 일기를 들켰던가? 나는 아찔했다.

"너란 애가 세상에 존재하기 이전부터 네 엄마 아빠랑 친구였단 말 안했나?"

"나이 차가 그렇게 나는데 어떻게 친구가 되냐?"

내가 쏘아붙였다.

그래서 나는 그의 젊은 시절을 듣게 되었다. 아빠가 일하던 단체가 만든 문예프로그램에 참여한 최초의 십 대. 그의 나이 방년 십육 세. 중 3. 두각을 나타낸 천재. 최연소 등단시인. 어쩌고 저쩌고. 그러다가 서른에 다시 대학생이 되었고 신부수업을 받고 있던 때였다는 것.

"그래서 무슨 말을 하고 싶은 건데?"

그가 웃으며 내 질문에 답했다.

"그러니까 아빠처럼 생각하고 지금처럼 이렇게 말 놔도 된단 말."

그가 다시 낄낄거렸다.

그렇다면 그는 어째서 숲에서 나를 몰라봤나?

나는 왜 여전히 산이 삼촌과 스테파노 신부, 새벽씨가 다른 사람이라고 여겨지는 거지?

신에 대해

기도소를 만들 때의 성스러움은 이미 버린 저 얼굴이 계속 낄 낄거렸다.

"성스런 장소를 왜 만든 건지 모르겠네. 사람이 좀 돈 것 같아."

내 말을 듣고 그는 귀여워 죽겠다는 양 볼에 뽀뽀마저 할 태세였다.

"미미, 흠, 송미미, 너 엄청 귀엽다."

지랄하고 자빠졌네. 나는 다시 속엣말을 했다.

"우리 숲에서 잔 날, 그때도 날 알아봤나?"

내가 물었다.

"아니. 너 어디 뜯어고쳤냐? 꼬맹이 때랑 너무 달라서 지금도, 송미미란 걸 알아도 말이다, 그 모습이 안 보인다. 눈 빼고."

그가 장난스럽게 내 얼굴을 살피더니 내 눈을 좀 오래 바라봤다. 나는 아주 쑥스러워졌다.

"성상이나 성화같은 건 안 걸어?"

"걸 거다."

"뭐가 있어야 걸지?"

그랬더니 숲에서 이미 그 안을 봤던 가죽 가방 안에서 책 두

147

권을 꺼냈다. 하나는 당연한 것처럼 들어있는 성경이었고, 다른 하나는 오! 노! 말도 안 돼! 엄마의 첫 책이었다.

그가 엄마의 낡은 책을 펴더니 책날개를 북- 찢었다. 뭐야 저 무례한 행동은? 광팬 맞아? 나는 놀라서 그저 멍하니 그를 바라볼 뿐이었다.

"자, 내가 액자틀도 하나 만들었다. 이걸 이 창문 아래에 걸 거다."

두 돌도 안 지난 나를 안고 찍은 엄마의 사진이 반을 차지하고 있는 책의 날개를 나는 외면했다.

사진 아래 나머지 반에는 이런 글귀가 적혀있을 거였다.

그런대로 햇살 좋은 중부에서 태어남. 〈내일 작가〉로 추천되어 데뷔. 두 돌을 곧 맞이할 딸아이를 두고 있음. 메갈로폴리스에 살다 낙향하여 부부가 책방을 운영함. 〈무늬만 책방〉 이게 그들이 운영하는 책방의 이름임. 부부는 아이와 함께 좋은 시인 작가들을 한 달에 한 번 초청하여 낙후된 지역사회에 신선한 바람을 불러일으키고 있음. 이들이 부부가 된 계기는 남편이 될 남자가 기도로 있는 나이트클럽에 아내 될 여자가 춤추러 가면서부터임. 대다수 지인들은 저들이 어떻게 살아갈지 막막하여 한숨만 쉬고 있다는 후문. 지금은 두 돌을 맞을 아이를 위해 무릉도원리 흙집에 사람들을 불러 모으고 있는 중. 그들이 요구한 선물은 편백나무 묘목 한 그루.

그는 제가 만든 낮은 탁자에 성경을 놓았다. 워터멜론슈가에서 보내온 초(이젠 대여섯 개도 안 남은)에 불을 붙였다. 그리곤 그 위 어린 편백나무들이 둘러쳐진 벽에 못을 박았다. 그리고 진짜로 그 책날개가 들어간 액자를 걸었다.

"나의 신들이거든. 신이 꼭 하나일 이유는 없거든."

그가 말했다.

나는 그가 미친 까마귀 같다고 생각했다.

다시, 신에 대해

"신이 뭐 이렇게 간단하고 허접해?"

나를 포함하여 그 누구도 비꼬려던 건 아니었다. 다만 내가 아는 한 쑥스러움을 대신할 게 비꼬임 밖에 더는 없어서였다.

"인마, 신은 원래 간단하고 평범한 거야. 근데 이 신들은 복잡하고 탁월하니 더 문제지."

다시 그가 웃었다.

인마라니! 빽 소리를 치고 싶었으나 그러지 못했다. 신성한 장소지 않은가 말이다.

"신은 말이야, 아무리 간단하고 허접한 신이라도 이유가 있어
야 벽에 걸리는 거야. 안 그래?"

그를 비웃으며 내가 물었다.

"아니야. 이유가 있으면 신이 못 되지. 신은 그냥 맘 안에 이
렇게 받아들이면 되는 거야. 이유가 없어. 아무 이유가 없단다,
이 꼬마야. 나는 그저 이 자리에 이 두 모녀를 걸고 싶었을 뿐
이란다."

"미친놈."

"많이 듣던 말이네. 바람둥이라고도 하고 싶지? 그렇지만 미
안하네만 내가 아는 여자는 이 둘 뿐일세."

예전 〈정원〉의 어른들은 장 산을 광풍에 비유하곤 했었다. 그
래, 바람둥이란 말도 심심찮게 했었다. 사제가 될 신분에 맞지
않게 호색적이랬던가? 그럴 때면 엄마는 이런 말로 반박했었다.

"정말 짧은 생각들이로군요."

엄마는 그렇게 말을 시작하곤 했었다.

기분이 발랄해질 때를 경계하라

"18세기 유럽에 다들 그 이름을 알 만한 문학가요 모험가이

자 주로는 호색한이라 일컬어지던 사람이 살고 있었어요. 카사노바, 그 이름만으로도 혹자의 맘속엔 불결과 불쾌가 자라나기 족한 이름이지요. 처음엔 나 역시 그랬어요.

그에 대한 일반의 부정적 견해에도 불구하고 카사노바는 그가 만난 모든 여자를 '존중'했던 걸로도 유명하다는 걸 아시는지. 우리가 카사노바를 호색한으로만 치부한다면 상대를 끄는 그의 힘은 두려운 마력이 되겠지만 그가 상대에게 보였던 존중의 태도를 읽게 되면 그의 힘은 마력이 아닌 매력으로 바뀝니다. 그는 자연인으로서 건강했으나 사회인으로서는 환자처럼 취급되었던 거지요.

이쯤에서 드는 의문 하나. 사랑은 자연인가, 아니면 문명인가. 이 물음의 의미를 살려서 굳이 하나를 선택하는 모험을 감행하자면 내 생각으론 사랑은 자연이라는 겁니다. 인간의 자연적 본성 안에 사랑이 있다는 거지요. 자, 내가 이런 생각을 갖도록 도운 작가 중의 하나가 드니 디드로란 사람인데요. 『부갱빌 여행기 보유』란 책에서 디드로는 자연의 본성에 충실한 타히티섬 사람들이야말로 행복한 사람들이라고 얘기하고 있지요. 문명사회의 관점에서는 근친간의 섹스와 상대를 맘대로 취하고 떠날 자유를 지닌 그 사회가 미개하고 야만스러워 보이겠지만 그들의

4. 그들이 세계에 존재하는 방식

자유, 그들의 행복의 차원에서도 과연 그러할지 의문을 제기하고 있는 아주 훌륭한 책이지요. 작가는 문명사회야말로 펄펄 뛰는 사랑을 박제시켜 놓았다고 분노하지요.

또 있답니다. 우리가 잘 아는 괴테 역시 소설 『친화력』을 통해 사랑을 화학적 반응이라고 말하고 있지요. 사랑을 물리적 합성과 같은 자연적인 결로 보았던 거지요.

내친김에 자연의 본능에 충실하면서도 사회적으로도 일탈이 아닌 사랑을 그려내는 SF소설도 만나볼까요? 어슐러 르귄이라는 작가가 쓴 『빼앗긴 자들』이란 책에선 말이죠, 남녀의 결합에 어떠한 사회적 제약도 없어요. 아주 자유롭지요. 결혼과 같은 제도도 물론 없어요. 억압의 틀이 없는 그 자발적 공동체 안의 남녀는 서로에게 이끌리느냐 그렇지 않느냐에 따라 사랑을 선택해 나갑니다. 그렇다고 그들이 육아와 같은 일에 있어서 오늘날의 우리보다 불성실하고 무책임한 것도 아니에요. 그 작가의 다른 소설 『어둠의 왼손』에서는 인간이 애초부터 남성과 여성을 동시에 지니고 있으며 일정한 시기(동물의 발정기와 같은)에 이르렀을 때 성을 선택할 수 있다는 더 급진적인 생각도 발견할 수 있구요.

우아- 대단하지 않습니까? 사랑이 자연적 본성을 뛰어 넘어

자유의지로 선택할 수 있다는 데까지 나아간 생각인 거지요. 생각이 이 정도에 이르면 사랑은 단지 자연이 아니라 고도의 문명적인 것이라는 주장도 성립될 수 있을 것 같긴 합니다만 어쨌거나 이 작품들은 지나치게 예측적이며 안정적인 틀을 강조해 온 문명사회가 제거해 버린 사랑의 파워를 맛볼 수 있는 걸작들이란 말입니다.

지구상의 자연 중 가장 복잡한 구조를 띄는 게 인간의 뇌라고 하지요. 그 복잡한 뇌보다 더욱 복잡한 것이 인류공동체라고 해요. 인간은 자연의 힘에 의하지 않은 것들, 다시 말해 문화라는 틀을 함께 만들어왔는데 이 틀이 공동체의 한 사람으로써 타인만큼 나를, 나만큼 타인을 존중하는 틀이 아니라면, 인간을 통째로 가두기만 한다면, 상대에 대한 불성실과 성실의 차원만을 강요하며 정작 자기 자신에 대해서는 불성실한 그러한 틀이라면 우리는 새로운 틀을 짜야하는 게 아닐까요? 때때로 나는 우리의 틀이 우리를 위해 작동하고 있는 게 아니란 생각이 들어요. 우리가 세세하게 다듬고 견고하게 지켜내는 어떤 틀들이 우리의 역동적이며 창조적인 에너지를 외면하는 모습을 종종 보게 된단 말이지요. 우리 인간은 여타의 자연과는 분명 다른 모습으로 살아가고 있지만 자연의 일부라는 점 역시 분명한데 여전히 우리는 인간의 자연성은 늘 인간사회를 위태롭게 한다는 홉스식의 위협에 쉽게 굴복하는 거지요. 지금처럼 말이에요. 신부가 여자를 좋아하면 왜 안됩니까? 오히려 신부니까 여자든 남자든 정말로 좋아해야 하는 거 아닙니까?

자, 생각해봅시다. 다채롭고 왕성한 인간의 자연성을 억압만하는 게 능사는 아니지 않습니까? 자연적 본성이 사라진 인간이 우리가 만든 기계 옆에 기계처럼 서 있는 모습은 상상만으로도 끔찍스러운 일이에요. 인류를 지금처럼 독특하게 변모시켜온 그 창조적 에너지의 대표선수인 '사랑'이 아주 세련되게 소멸되기 전에 한 사람 자연인으로서 우리 안의 에너지 상태를 점검해 보자고요."

책의 일부

그럴 때면 엄마는 엄청나게 발랄했다. 말의 내용이 아니라 기운으로 사람들을 굴복시킨다는 느낌이 들었으니까.

나는 앞표지가 뜯긴 책에서 믿을 수 없게도 다시 그 구절을 만났다. 소설도 에세이도 아닌 그런 글귀가 엄마의 책엔 언제나 등장했다. 이 무슨 자신감이야? 아마 독자들은 입을 삐죽거렸을 테지만, 기운이 넘쳐 지나치게 발랄해진 엄마는 그런 우를 종종 범하곤 했었다.

어쨌든 나의 화해할 수 없는 적인 엄마와 기억나지도 않는 모습의 내가 이 조촐한 편백나무 신전을 굽어보고 있었다. 말할 수 없이 우스꽝스러운 일이었다.

나의 고민

저 아랫방에서 드르렁거리는 자에게 건너갈까, 말까? 나는 내 이 생각의 발단이 도발인지 연정인지 알 수가 없어 윗방에서 번민했다. 저 자가 엄마의 2가 아닐까 싶어, 엄마의 상념 속을 뒤지느라 궤짝 안이 또 난장판이 되었다.

엄마의 노트 400

그들이 사랑을 택하는 방식.

풍수쟁이 하나가 이 집엘 왔다갔다. "이곳은 당신의 자궁과 같은 곳이요." 풍수쟁이가 말했다. 미친 놈, 이라고 나는 쓰지만 나는 얼마나 울컥 북받쳤던가. 나의 자궁에 살았던 생명이 나와 함께 십 년을 보낸 곳이므로 그래, 풍수가의 말은 틀림없이 맞다. 여기는 아이의 자궁을 담았던 그 자궁이 살았던 곳이니. 그 자궁이 지금 여기에 있으니.

155

나는 절반쯤 진행된 〈마음〉을 죽 훑어봤다. 갑자기 이 소설이 한 사람을 지워가는 방식(은여여가 2를 지워가는 것)과 한 사람을 발견하는 방식(송미미가 2를 발견해가는)의 보고서 같은 느낌이 드네. 아무튼.

나는 이제 당신에게 더 이상 아무 말도 않을 작정이다.

당신을 믿으라는 건, 당신의 신을 믿으라는 말인가, 당신 자체를 믿어달란 말인가?

먼 곳에서 당신은 아침마다 굿모닝— 하며 인사를 전해왔다. 나 역시 굿모닝— 으로 답했다.

우리는 이제 목소리를 섞을 수가 없었다. 당신이 아플까봐, 그리고 내가 아플까봐, 우리는 담담함을 가장하며 조금씩 멀어져 갔다.

우리 외에 타인이 없다면 혹시 모르겠지만, 우리만이 서로의 상대가 될 수 있는 세계는 종말이 와도 불가능할 터였기에 우리는 그렇게 존재했다.

굿모닝—

굿모닝—

내 자궁에 들어와 박힌 돌멩이 하나에 열심히 물을 주면서 나는 당신을 지워가고 있다.

이 세계 이후엔 어떤 세계가 있는지 상상해보면서.

——잠에서 깨어나.

문자라는 것에 대해 생각해 봤다.

——다시 잠을 잠.

나는 아주 긴 잠을 잤다. 감기를 위장한 무엇이 나를 그렇게 만들었던 것 같다. 생각과 느낌을 쉬어가라고.

나는 깨달았다. 당신이 나와 함께하기 위해 잠시 나를 떠나가 있는 거라는 당신의 궤변을 궤변이 아닌 말씀으로 이해했다. 잠을 자던 와중에 갑자기 그런 깨침이 왔다.

당신은 결국 나를 지키려는 거로구나. 당신은 나에게서 무언가를 보았구나. 그래서 당신으로부터도 나를 지키려는 거로구나.

몇 겹의 차원이 우리를 둘러싸고 있다는 걸 나는 이해했다. 내 단순한 정념으로는 그 세계를 맛볼 수 없다는 것도. 나는 조금 자유로워진 것 같았다.

나는 약간 종교적인 인간이 된 것 같기도 하다. 좋은 의미의 종교성을 인정하지 않을 수 없겠다. 당신처럼 하나의 신을 기리는 게 아닌, 말로 표현되지 않는 이 실감들을 기리는 그런 종교성을 말함이다.

나는 이제 조금 덜 아프겠다는 예감이 들었다.

내일엔 읍내 우체국에 나가 미미에게 엽서를 보내야겠다. 시골 작은 성당이 그려진 그림엽서가 있을까? 아니다. 그저 이 마음만을 청명한 바람에 날려 띄우련다.

방 문고리

나는 엄마의 글에 상당히 놀라서 무참히 무너지고 있었다. 엄마는 마음을 지워가고 있었다. 상대가 1이었든 2였든 3이였든 전부 다였든지 간에 엄마 안의 마음은 서서히 지워지고 있었다. 노트의 날짜들을 고려해보면, 우리가 이곳을 떠날 무렵이 최초였던 게 확실하다. 최소한 5년 이상 지속된 길고 우울한 번민이었다. 나에게서 엄마의 부재가 시작된 시점과 정확하게 맞아떨어졌고 몇몇의 사람들과 함께 아예 세계에서 엄마가 사라진 때와 거의 일치하고 있었다. 아니, 그 이후에도 계속되었던 것 같다. 날짜는 없으나 마치 몇 달 전에 기록되었다는 느낌을 주는 노트들도 상당수였다.

모두가 확실히 엄마의 죽음을 받아들였던 그 일 년 쯤 뒤에 엄마는 이곳에 다시 정착했다. 바로 이 집에. 그녀 곁엔 누군가가 있었다. 분명히 그녀의 마음 안에.

풍수쟁이가 이 집을 그녀의 자궁에 빗대었다. 함께 산딸기 술을 담그던 그 누군가는 그러고 등장하지 않았다. 그녀의 자궁과 같은 집을 보았으니 안심하고 떠난 거였을까?

엄마는 이 집에서 떠난 그 사람을 다시 서서히 지워갔다. 떠난 그 사람이 지금 저 아랫방에 있다는 이 알 수 없는 불길함은 무엇인가.

나는 아랫방 문고리를 잡고 서서 새벽을 기다렸다. 물러나지 않겠다고 거듭 다짐하고 있었다. 이윽고 나는 문고리를 잡아당겼다.

"당신인가? 당신이 내 엄마의 마지막 2였나?"

나는 새벽씨에게 물었다.

그는 내가 문고리를 잡고 있던 밤 내내 그랬듯 깊은 잠에 빠져 있는 양 미동도 없었다.

나는 벽으로 돌아누운 그의 등을 흔들며 다시 물었다.

"산이 삼촌이 우리 엄마 2였어?"

그러나 그는 여전히 벽을 보고 누워 있었다. 숨을 쉬는 소리도 들리지 않았다. 나는 방을 나왔다. 이를 악물었는데도 눈물이 쏟아졌다.

산책

편백나무는 아토피에도 좋고(그래 어려서 난 아토피가 좀 있었지) 이러저러하고 저러이러한 질병에 두루 훌륭하다며 스테파노가 산책을 제안한 건 아침식사를 간단히 마친 뒤였다.

새벽의 내 도발은 그의 무응답으로 싱겁게 끝이 났고 그 여파에선지 나는 늦잠을 잤다. 그가 아침을 차려놓고 나를 불렀을 때, 그래서 나는 실은 꽤나 마음이 무거웠다. 내 고개는 밑으로 만 자라나서 식탁아래 가지런히 놓인 내 두발과 그의 두 발을 벗어나지 못했다.

"꼬맹이, 너 어디가 좀 아픈가보다."

그는 심상히 음식을 쩝쩝대며 말했다.

"아침 먹고 우리 산책하자. 너 저 숲이 어떻게 생겨난 건지 모르지? 인마, 네 덕에 저 숲이 만들어진 거야. 그러니까 엄밀히 말하면 이 집이 네 게 아니라 저 숲이 네 건 거지."

흥. 나는 콧방귀를 뀌었다. 또 궤변 늘어놓으시고 있네, 하는 뜻으로.

"진짜야. 어느 해던가, 네가 여전히 꼬맹이였을 땐데, 네 부모가 여러 사람에게 초대장을 부쳤지. 〈우리 미미 생일 파티에 초대합니다. 선물은 편백나무 묘목 한 그루에요. 우린 미미의 숲을 만들 거에요.〉 한 겨울에 편백나무 묘목을 구하느라 초대받은 사람들은 엄청 골치깨나 아팠을 거다. 저 숲에 우리가 너의 나무를 심었다. 그날도 살랑대며 눈발이 날렸었지. 지금처럼."

스테파노가 앞서 걸었다. 나는 그 뒤에서 지금도 쭉쭉 뻗어나가고 있는 숲의 나무들을 보고 있었다.

161

4. 그들이 세계에 존재하는 방식

숲의 나무들처럼 그를 향한 내 맘이 쭉쭉 자라나는 걸 그도 알고 있었다. 그는 그런 내 맘을 봐주지도 외면하지도 않았다.

나는 죽음으로 내 맘을 증명하리라, 결심했다. 죽음? 갑작스런 이 생각은 분명히 워터멜론슈가의 마가렛에서 얻은 것이었을 터였다. 그러나 나는 장렬하게 단번에 나무에 목을 맬 용기는 없었다.

나는 가짜죽음의 방식을 택했다. 나를 파괴해나갔다. 와인이 큰 역할을 해주고 있었다.

"씩씩하고 용감하게!"

그는 나와 마주치면 늘 그렇게 말했다. 어디서 많이 들어본 말이었다. 아, 브라우티건도 그런 말을 종종 했었지. 어쨌든 씩씩하고 용감하게 살라는 뜻이었겠지만 나는 그 말을 내 죽음과 결부시키곤 했다.

나는 나의 종말로 씩씩하고 용감하게 나아가고 있었다. 얼마 남지 않은 워터멜론슈가산(産) 와인과 함께.

나란 인류의 끝

나를 떠나지 마. 안 떠난 거면, 내가 당신이 필요할 때, 내 곁에서 내 손을 잡고 내 맘을 들여봐 줘. 당신이 거기서 노력하고 있는 것 중에 나를 지키는 것도 있다면, 잠시 그 노력을 접으라고 말할래. 당신의 눈을 들여다보며 내가 내 얘기를 할 수 있도록 지금 나에게 등을 돌려줘.

나는 외양간 신전에 누워 있었다. 그가 벽을 바라보며 좌선에 들어 있었다. 나는 가장 외로운 순간엔 언제나 그의 등을 보고 만다는 생각이 들었다.

종말을 함께하고 싶다는 열망을 일으키는 사람을 우리는 만난다. 그 사람을 지키기 위해 우리는 어떻게 행동해야 하나? 열망을 참는 것으로 그게 다 되는 걸까?

그의 수저를 장만하여 깨끗한 손수건에 싸 주방 서랍에 넣어두고 잘 손질한 그의 수의를 벽에 걸어 놓으면 좋겠다고 나는 생각했다.

나는 벽에 걸린 나를 안고 있는 엄마 사진을 올려다보았다.

나는 심장 하나를 나눠가진 쌍둥이를 낳는다. 하나를 살리기 위해선 하나를 죽여야 한다. 우리는 그런 선택 앞에서 아무런 선택을 하지 않는다. 시간이 그대로 멈춘다. 도서관의 모든 삶들도 먼지가 되어 날아간다. 다만 그와 나, 우리의 쌍둥이들이 끝없이 넓은 도서관 마루에 함께 있다.

환영이 틀림없을 장면이 나무 벽에 걸린 액자 속에서 일렁대고 있었다.

그의 등에서 씨앗들이 날아올랐다. 씨앗 하나가 내 자궁에 안착했다. 엄마의 노트 한 구절이 나를 바라보며 웃고 있었다. 사진 속에서 엄마가 나에게 말했다.

"우체국에 들어온 여학생은 눈부셨단다. 그 여학생의 산뜻한 교복을 보며 나는 울었지. 나도 교복을 빨아 다려서 너에게 입히고 싶었거든. 눈부신 교복을 입고 다니는 너의 자랑이 되고 싶었단다."

이곳에 우리가 있다는 것, 그건 환영임이 틀림없었다. 이 모두가 틀림없는 환영이라고 나는 그렇게 믿기로 했다.

5. 혹한의 시기

푸른 태양

이제 태양은 푸른빛만 내려주었다. 그 푸른빛마저도 점점 어두워지고 있다는 걸 우리는 알고 있었다. 물에 잠긴 듯 푸르게 일렁이는 마당 안으로 빨간 오토바이가 들어왔다. 할아버지는 빚독촉을 하는 채권자마냥 무시로 마당을 드나들며 이곳을 떠나야한다고 경고해 오고 있었다. 오늘도 역시 함께 가자고 종용했다.

노인은 만삭인 내 배를 보며 도리질을 쳤다.

"곧 애가 나올 모양인데, 어쩔들 이러고 있는지 모르겠단 말이네."

가죽점퍼를 입고 긴 부츠를 신은 전령사를 우리는 더 이상 안채로 맞을 수는 없었다. 이상하게도 안채는 풀썩 주저앉은 것도 아닌데, 얼어붙어 있었다. 게다가 어떤 부피감도 없었다. 그저 커다란 흑백사진 한 장이 위태롭게 서 있다고 생각하면 딱 맞을 것이다. 그 아침의 내 입덧 탓이었다. 우리는 우사공소에서 막 밖으로 나왔고 나는 한기에 놀라 몸을 움츠렸고 차가운 공기에 섞인 비린내를 맡았다. 욱! 입덧이 그렇게 시작되었다. 찰칵 소리는 없었지만 우리는 집이 한 장의 사진으로 고정되는 순간을 목격했다.

우리는 그 안에 든 엄마의 궤짝이나 촛대 주방기구 등을 챙길 수도 없었다. 순식간이었으므로.

태양은 점점 푸르게 변해갔고 이 땅에 남아 있는 온기들을 급속도로 빨아들이고 있었다. 이처럼 집이 순식간에 사진(흑백사진)으로 전락하는 일은 다반사라고 산타클로스는 말했었다.

"코앞까지 왔다구. 저 태양이 검게 변하는 건 이제 순식간이란 말일세. 어서 가자고. 오늘은 꼭 가야하네."

전령사는 애걸에 가까운 몸짓으로 무릎이라도 꿇을 태세였다.

"어르신, 아직 숲도 멀쩡합니다. 이 우사도 멀쩡하잖아요. 그리고 미미는 만삭이에요. 바로 오늘 출산이 시작될지도 몰라요.

그러니 한 달? 아니 보름만 우리를 내버려두세요. 이 어두운 길에서, 혹독한 추위에 산모와 아이를 잃지 않도록 말이에요. 우리는 어르신의 오토바이도 없어요. 그곳까지 1년이 넘게 걸리는 길이에요. 조금만 기다려 주세요."

이번엔 스테파노가 전령사의 두 손을 잡고 애원했다.

"내 오토바이를 줌세. 이걸 둘이 타고 가게나. 그럼 일주일이면 그곳에 도착한다네."

노인은 비장했다. 또한 따뜻했다. 그러나 그럴 수는 없는 일이었다. 그걸 노인도 모르지 않을 터였다. 전령사란, 그 세계의 파수꾼이 아니던가! 막힌 게 없이 스르르 풀리는 그 무심에서 전령사가 만들어진다는 것을 스테파노도 노인도 잘 알고 있었다.

"이 세계에 남은 최고의 마음 하나를 버리시려는 겁니까? 그것보세요. 그 말을 한 순간 어르신의 형체가 희미해지잖아요. 이건 우리만의 문제가 아니란 걸 아시면서 그래요? 본래 마음으로 돌아오세요. 오토바이가 다 사라지기 전에."

스테파노의 애원이 하도 간절하여 나도 눈물이 났다.

"할아버지, 우린 괜찮아. 할아버지가 없으면 우리 같은 사람들을 어떻게 그곳으로 인도해? 그러니 할아버지, 지금 생겨난 그 마음을 지워요. 다시 우리의 산타클로스로 돌아와 줘. 안 그러면 나는 할아버지 앞에서 뱃속의 아이와 함께 용감하게 생을 버릴 테야."

사라지고 있던 전령사의 몸이 또렷하게 형체를 갖추기 시작했다.

"고마워."

내가 말했다.

전령사는 우리의 손 인사에 화답할 만큼 안정을 찾았다. 우리는 멀어지는 그의 빨간 오토바이를 오랫동안 바라보고 서 있었다.

세상에 단 둘

워터멜론슈가는 잘 이주되었는지 궁금했지만 거기선 아무런 소식이 없었다. 현수도 브라우티건도 나를 잊은 것 같았다. 하긴 이주 초기에 할 일들이 얼마나 많겠나, 스스로를 위로할밖에 도리가 없었다.

숲 쪽에 붙어있던 변소마저 끝내 흑백 사진이 되고 말았다. 물이 졸아들 듯 푸른 기운에 빨린 안채는 더 색이 바래 있었고 지금 막 사진으로 변한 변소도 눈에 띄게 무채색으로 변하고 있었다. 콩밭도 텃밭도 테두리만 남겨지고 비어있었다. 와중에도 이

168
마음

오두막에 이르는 길과 마당은 우사공소와 함께 부피와 색을 지켜내려고 안간힘을 쓰며 버티고 있었다. 어두운 초록을 간신히 유지하고 있는 편백나무 숲과 함께.

그런 세상 가운데 스테파노와 내가 있었다.

"저 숲이 다 빨리면 이곳은 순식간에 사라질 거야. 그러니 산타클로스의 말을 따라야 한단다. 가능한 우리는 빨리 이곳을 떠야해."

스테파노가 헐겁고 홀쭉해진 숲을 바라보며 나에게 말했다.

"여길 떠나는 게 문제가 아니잖아. 거기까지 가려면 1년이 넘게 걸린다고 했잖아. 우리는 길에서 사라지게 될 거야. 태어날 아이는 태어남이 뭔지도 모르고 곧 다시 무의 세계로 날아가게 될 거야. 나는 여길 떠나지 않겠어. 아이를 그렇게 만들 순 없어."

내가 말했다.

"미미야, 내 얘길 들어보렴."

스테파노의 긴 이야기가 시작되고 있었다.

"여기를 버려봐. 가야할 길도 지워. 아이와 우리가 도달할 곳을 생각해봐. 아니다, 그 곳도 생각하지마. 아무 생각을 하지마. 생각을 끊는 게 생각하는 거란 말을 너도 들은 적이 있지? 지금

너의 마음 안의 상념들을 다 지우는 거야. 걱정도 의심도. 그냥 너를 믿어봐. 그래, 이런 시작은 좋지 않다. 내 얘기를 해줄게.

나는 참으로 오랫동안 어떤 존재를 갈구해왔단다. 내가 무슨 짓을 해도 나를 봐주는 눈길을 나는 느끼고 있었어. 그렇지만 나는 내 의지 안에서 내 길을 만들어가는 게 우리들 인간의 의무이자 권리라고 생각해온 청년이었단다.

내가 만나는 사람들, 책들, 풍경들에서 내가 지니게 된 그러한 감정들과 판단들이 최고로 우선인 그런 사람이었지. 그런데 그런 나를 조금 벗어나게 한 어떤 여인이 있었어.

그 여인을 만나서 나의 인간적 욕망, 소유에 대한 깊은 갈등은 더욱 커졌단다. 그 여인과 함께 하는 생이 아니면 생을 이어갈 이유가 없다는 생각을 할 정도였지.

번민이 찾아왔다. 번민의 세월은 아주 길었다. 나의 여인은 내 번민을 그저 안타깝게 바라보고만 있었단다. 바라본다는 것, 그건 이미 그 여인에게도 번민이 생겨버렸다는 얘기였지.

우리는 절대로 우리가 원하는 생을 누릴 수 없다는 걸 알았지. 세상이 두 쪽이 나도, 아니 세계 자체가 없어져 우리 둘만 남았다 해도 기쁘게 함께 할 수는 없는 그런 위치에 놓여 있었지.

서로를 택하는 건 서로를 죽이는 거와 같은 거였지. 저 집처럼 저 변소처럼 우리가 그곳에 들어가려는 순간 저 형태는 깨지지. 저 얼어붙은 그림들의 그나마의 모습도 사라지는 거였지. 쨍- 깨뜨려져 녹아 없어지는 거지.

오랫동안 우리는 부피를 잃은 그림이었단다.

마음을 다해 연민하는 외엔 더는 다른 도리가 없는 바짝 긴장한 평면. 그 여인도 나도 그걸 이미 알고 있었어.

그럴 때는 왜 이런 사진이 되었는지 그걸 묻는 건 아무런 소용이 없지. 나로 인해 당신으로 인해 내가 이렇게 되었으니 나를 어떡할 것인가? 그런 하소연을 할 수가 없지. 그래서 왜 내가 이런 지경에 몰려야 하는지 한탄하는 건 아무런 소용이 없는 거였다.

다만, 우리는 우리의 평면됨을 이해하는 채 다시 부피를 지니도록 애써야 했단다.

나는 그 여인을 뛰어넘을 절대적인 타인으로 신을 끌어들였다. 그 여인은 그 위치에 글을 놓더구나.

그러자 우리는 조금씩 서로를 벗어나서 관찰하는 게 가능해졌지. 평면이 약간씩 부피를 얻어갔지. 그래도 우리들 몸 하나를 다시 세우는 데에 십 년 이상이 걸렸단다. 힘겨운 일이었지. 내 힘겨움은 괜찮았다. 그러나 상대의 고투엔 마음이 찢어지곤

171

했단다.

서로를 향해 다가설 수 있지만, 만질 수도 안을 수도 없는 관계였지. 그것보다 더 무서운 건 서로의 목소리를 들을 수 없다는 거였어. 우리는 다만 우리 자신에게만 말할 수 있었지. 모든 관계를 깨뜨리지 않으려면 우리는 목소리를 숨겨야 했어. 서로에게 목소리를 보여주면 안 되는 그런 형벌을 받은 거였다.

우리를 그런 위치에 놓은 게 바로 우리들의 목소리란 걸 우리는 다행히도 알고 있었어.

나만을 향해 날아오는 뜨겁고 감미로운 그 소리를 이제는 기대할 수 없었지.

그 목소리를 듣지 못하느니 죽겠다고 결심한 게 한두 번이 아니었다. 하지만 그녀도 나도 그건 알았어. 그녀가 나를 비호하고 있고, 내가 그녀를 비호하고 있다는 것을. 그러니 비호하는 자 앞에서 함부로 사라질 순 없었지.

서서히 우리는 알아챘다. 사랑, 정념, 열정, 이런 감정보다 더 중요한 게 있다는 것을. 내 감정을 죽여 그녀를 살리겠다는 그 느낌을 믿으며 그저 나를 수용하는 것, 이게 사람들이 함께 살던 시대에 그녀와 내가 깨친 최고의 가치였다.

그건 희생이나 사명이 아니었다. 그저 내 느낌 안에서 그녀를 살리고 나도 사는 것일 뿐이었지.

우리 둘은 사람으로 반쯤은 열려 있어서 함께 할 수 있었다. 그 뒤엔 달라졌지만.

내가 더 열렸던 건지, 그녀가 더 빠르게 열려갔는지 그건 아직도 알 수 없구나.

재앙의 그 날, 그녀가, 나를, 아니 모두를 떠났단다.

나는 그녀를 열심히 보호하고 있었지만 그녀를 잃고 말았던 거야.

그래, 그녀가 바로 네 엄마, 은여여다.

미안하다. 미미야, 너무 미안하구나. 너무 미안해서 입이 안 떨어지지만, 나를 조금만 봐주면 안 될까? 나는 너마저 평면의 사람이 되면 살 수가 없을 것 같구나. 그러니 가자. 우리가 갈 거기는 우리를 보존할 수 있단다. 나를 믿어줄래?"

그의 얼굴에 드리운 고통을 나는 차마 볼 수 없었다.

그와 나 사이는 아직 평면이 아니었으므로 나는 그의 얇아진 어깨에 손을 올려놓을 수 있었다. 얇은 어깨에 대한 감촉은 나를 오열케 했다. 그가 내 손을 잡았다. 아직은 서로를 만질 수 있는 공간이 남아 있었다. 내 울음은 쉽게 그치지 않았다. 그의 눈이 다시 빨갛게 물드는 것을 지켜보며 나는 그의 손을 오래오래 잡

173

5. 흑판의 시기

고 있었다. 그가 제 온기를 나에게 옮겨주고 있었다.

그는 그녀의 딸인 나를 비호하고 있었고 내 뱃속의 생명을 어루만지고 있었다.

스테파노가 본 것

"우리가 가야하는 그 곳은 에덴이거나 무릉도원이 아닌 건 분명하단다. 그러나 우리의 삶을 보존할 수 있다는 건 확실히 말할 수 있단다. 나 혼자일 때, 나는 그곳에서 나를 보존한다는 게 별 의미가 없었단다. 그러나 나는 이제 돌봐야할 사람을 가진 사람이지. 일종의 가장인 거야. 그럼 나는 어떻게 해야 할까? 나를 보존하고 그 대상을 보존해야 하는 거지. 너무나 경이로운 이 새생명을 우리는 함께 보존해 가야 하는 거지. 그러니 우리는 반드시 그곳으로 가야 해.

1년이 걸리지 않는 방법을 찾고 있어. 나는 우리가 분명히 그곳에 무사히 도착하리란 확신이 있단다. 우리가 그곳 넓은 마루에 아이를 안고 함께 들어서는 모습을 봤어. 계시라고 해도 좋고 그저 환영이라고 생각해도 좋아. 하지만 미미야, 나는 그 장면을 분명히 봤단다. 그러니, 지금 네가 일부러 아이를 세상으로 내놓지 않으려는 그 마음을 풀어야 한다."

나는 벌어진 입을 다물 수 없었다. 그는 내가 안간힘으로 자궁의 막을 막고 있다는 걸 이미 알고 있었다. 양수가 밀어내어 거대하게 부풀어 오른 막은 얇아질 대로 얇아져 있었다. 내가 그 막을 터뜨리기로 작정만 하면, 산도를 따라 내 안의 아이가 세상으로 나올 거라는 걸 나는 한 달여 전부터 알고 있었다.

그러나 스테파노마저 그 사실을 아는 줄은 꿈에도 생각하지 못했다.

"내가 이 아이의 아빠가 될게."

그는 부풀어 오른 내 배에 가만히 손을 얹었다.

"이 아인 아빠가 없어. 그건 당신도 아는 거잖아. 환(幻)으로 잉태되었어. 저 두 모녀가 그걸 알지."

내가 말했다. 그는 도리질을 치며 단호한 눈빛으로 나를 조종했다.

나는 가만히 외양간 벽에 등을 기대고 앉았다.

그가 만든 화로 위에서 물이 끓고 있었다. 그 물은 한 달여 전부터 그렇게 끓고 있었다.

출산

따뜻한 물이 담긴 대야와 깨끗한 수건 위에 놓인 가위와 명

주실이 보였다. 산파 스테파노는 믿음직해 보였다. 무릎을 세운 뒤 나는 다리를 벌렸다. 호흡을 가다듬고 아랫배에 힘을 줬다.

자궁의 막이 터지며 양수가 쏟아져 나왔으나 아이는 산도를 밀고 나오지 않았다. 산도를 벗어난 아이는 내 등을 밀며 나오려고 했다. 그건 불가능한 일이었다. 아이는 내 겨드랑이를 밀어붙였다. 그것 역시 불가능한 일이었다. 아이는 내 입으로 나오는가 싶었다. 그러나 아이는 중간에서 포기하고 다른 쪽 겨드랑이로 이동했다. 겨드랑이가 부풀어 오르며 언뜻 아이의 머리통이 보이는가 싶었으나 아이는 끝내 내 피부를 뚫지 못했다. 아이는 다시 저를 놓았던 자궁으로 들어갈 모양으로 그리로 움직여 갔다. 채 꺼지지 않은 둥근 내 배안으로 들어온 아이가 잠시 숨을 고르고 있었다. 배안에서 물고기 입과 같은 그 작은 손가락을 꼼지락거렸다. 나도 모르게 간지럼을 타는 웃음이 새어나왔다. 아이의 작은 손이 저 안에서 열심히 배꼽을 간질이고 있었다. 이윽고 아이는 내 배꼽을 풀어 열며 밖으로 나왔다.

머리 두 개, 손 네 개, 발 네 개의 쌍둥이였다. 몸통이 하나로 붙어 있는 쌍둥이였다. 심장 하나를 둘이 나눠가지고 태어난 아이들을 보며 스테파노가 울었다. 감격에 겨워 울고만 있는 산파 대신에 탯줄을 자르고 배꼽을 동여맨 건 나였다.

스테파노 신부는 아이에게 '테레사'라는 이름을 주었다. 스테파노는 쌍둥이를 하나의 생명체로 여기는 것 같았다.

테레사

스테파노와 오랜 시간 얘기를 나눈 후 나는 테레사들을 테레사로 인정해야 했다. 동시에 이 아이가 새로운 인류라는 것에도 우리는 쉽게 동의했다.

우리가 동의한 새로운 인류의 특징

1. 수태를 위한 물리적 과정이 필요치 않다.

2. 꼭 배를 붙이고 태어나는 것 같다. 늘 마주보기 위해.

3. 하나의 심장으로 두 개체가 산다.

4. 배꼽을 열고 세상으로 나온다.

5. 완전히 자유로운 마음을 지닌 것 같다.

6. 우리만이 이 인류를 낳고 키우는 건 아닐 것이다.

7. 기형이란 개념은 폐기되어질 수밖에 없다.

8. 배타적이란 용어도 폐기될 터이다.

9. 다양한 마음이 다양한 형태의 인류를 만들 것이나 그들은 새로운 인류란 점에서 동일하다.

그러나 우리가 도무지 알 수 없는 사항들

1. 누구나 만들 수 있는가?

2. 왜 만들어진 건가?

3. 위기가 오면 우리는 이 아이를 구할 수 있나?

손님들

나는 빠르게 회복되었지만 내 회복보다 빠르게 우사공소의 면들이 좁아지고 있었다. 언제 2차원의 평면으로 바뀔지 알 수 없었다. 아직 버텨주고 있는 마당과 오솔길이 사라지기 전에 우리는 이곳을 빠져나가야 했다.

우리가 외양간의 덜그럭거리는 문을 열고 마당으로 나왔을 때, 놀랍게도 푸른빛으로 일렁이는 마당으로 강아지 네 마리가 걸어 들어오고 있었다. 강아지들의 주인으로 보이는 한 남자가 마당가에 서서 우리를 바라보고 있었다. 그는 언젠가 저 텃밭에서 두 손 가득 고추를 따서 떠났던 할머니의 장남이었다. 저기에 서면 마음이 돌려져 걸음도 되돌렸다는 그가 이윽고 마당으로 들어서고 있었다.

곰이의 무덤

그는 고추 몇 개를 따서 이 마을을 떠날 때와 별반 달라지지 않은 모습이었으나 얼굴 표정은 이 혹한의 시기에 오히려 온화해 보였다. 고추가 담겼던 두 손에 이번엔 둥근 복숭아 두 개가 들어있었다.

"녀석들이 나를 자꾸 이끌기에 가봤더니, 작은 복숭아나무에 요놈 두 개가 열려있지 뭐예요. 그 작은 나무가 이렇게 크고 잘생긴 복숭아를 맺고 있더군요. 그저 복숭아가 아니로구나, 알았지요. 아주 신비로웠거든요."

그가 나에게 복숭아를 내밀었다.

"엄마가 되셨군요. 쌍둥인가요? 이 복숭아는 저 녀석들 거로군요."

그는 내민 손을 거두지 않았고 나는 복숭아를 받아야 했다.

"고마워요. 잘 먹일 게요."

나는 양 손안에 놓인 복숭아를 바라보았다. 테레사 머리통만한 복숭아는 크기에 비해 가벼웠다.

그는 바짓가랑이를 잡고 빙빙 돌며 놀고 있는 강아지들을 바라보고 있었다. 강아지들을 바라보는 그 눈길에서 나는 모성을 읽었다. 스테파노가 테레사를 보는 눈빛, 내가 테레사들을 보는 눈빛과 똑 닮은 눈길이었다. 지금 내가 양 손에 놓인 복숭아를 보는 눈길과도 같았다.

그의 발치에서 장난을 치는 강아지 중에 내 눈을 유독 잡아끄는 놈이 하나 있었다. 아무리 봐도 그건 곰이가 분명했다. 내가 산 채로 묻어버린 곰이가 살아서 식구들을 거느린 가장이 되어 있는 건 불가사의했지만 그건 곰이였다.

"낑낑대는 소리가 들려 돌을 옮기고 돌판을 젖혀보니 놈들이 있었어요. 놈들을 보니 내가 참 멍청이였구나, 하는 생각이 들더군요. 이 바보 같은 놈들이 대견해서, 나는 이 애들을 안고 많이, 아주 많이 울었답니다. 그리고 다시 살아가야겠다는 생각을 하게 되었지요."

나는 차마 그 구덩이에 저 녀석을 가두었던 게 (실은 매장이라는 말이 맞겠지만, 엄마가 된 나는 단어 하나도 맘에 걸리는 이상한 경험을 하는 중이었다) 나라는 말은 하지 못했다.

나는 곰이에게 안아 봐도 되겠냐는 뜻으로 양팔을 벌렸다. 곰이가 나를 모를 리 없었지만 그래서 저를 묻었던 나에게 올 리도 없었지만 진심으로 나는 그런 행동을 했다. 나의 진심을 녀석은 한 치의 의구심도 없이 그대로 받아주었다. 테레사를 안을 때처럼 내 마음으로 한없이 따뜻한 물결이 흘러들고 있었다.

나는 늠름한 아빠가 된 곰이를 안고 서서 어두운 잿빛이 된 하늘을 바라보았다. 나를 용서하소서. 나는 처음으로 어딘가에 있다는 절대자를 향해 죄를 고백했다. 그가 어디에 사는지 알았기에 내 속죄의 방향이 아주 어긋나지는 않을 터였다. 그 절대자는 곰이의 무덤에 살고 있는 게 분명했으므로.

우리의 동행은 그렇게 시작되었다. 신작로를 걸어 나가는 우리의 머리 위로 탐스런 눈송이가 내리고 있었다. 세계는 더 어두워져 있었지만 함께 걷는 발이 따뜻했다.

길 위에서

마치 뒤돌아보면 소금기둥이 되거나 돌로 굳어버린다는 신화를 굳게 신봉하는 듯 스테파노는 길을 떠나기 전에 모두에게 말했다.

"절대로 뒤를 돌아보지 마시오. 잠시 걸음이 멈춰지더라도 뒤는 돌아보지 마시오."

아마도 우리 뒤에 생겨나는 무수한 흑백사진들이 우리에게 줄 충격을 걱정하는 모양이었다. 우리는 그의 말을 따라 걷는 내내 뒤를 돌아보는 일은 하지 않았다.

스테파노가 우리 행렬의 맨 뒤에서 우리를 따르고 있었다. 테레사를 품에 안은 그 앞에는 내가 걷고 있었고 내 앞에는 곰이네 가족이, 곰이네에 앞서 길을 잡아가는 건 장남씨였다.

곰이는 가끔 뒤돌아 스테파노 곁에서 테레사와 이야기를 주고받았다. 우리가 들을 수 있는 건 낑, 끙, 켕켕, 그리고 갓난애의 옹알이들이었으나 그들이 대화하고 있다는 걸 잘 알았다. 그들의 음절들은 뚝뚝 끊어지는 게 아니라 호흡을 지니고 있었던 거였다. 스테파노도 곰이의 후방행은 말리지 못했다.

우리가 가는 앞은 황량한 평원이었다. 그러나 우리 뒤에는 황량함이란 말도 부족한 흑백으로 정지된 찰나만 남을 터였다. 한 발을 떼는 순간 그만큼 지워지는 길을 우리는 함께 걷고 있었다.

강아지 젖 주기

테레사의 두 입과 곰이의 새끼 세 놈에게 젖을 먹이는 동안 두 남자는 모닥불을 피우느라 부산했다. 우리가 걸어온 만큼 세계는 사라지고 있었다. 우리가 남쪽의 끝에 이를 때쯤이면 세계는 다 지워질 터였다. 거대한 사진 한 장으로 남게 되겠지. 그러나 이상한 일은 세계는 우리가 움직이는 만큼만 지워진다는 거였다. 그건 우리가 남쪽에 당도할 때까지 어쩌면 이 길 위에서 살아있겠다는 믿음을 주었다. 그래서인지 우리의 피난길은 혹독한 추위 빼고는 대체로 편안했다.

테레사도 강아지들도 허기를 면할 만큼만 젖을 빨았다. 사람들이 함께 모여 살던 시대라면 갓 태어난 사람의 새끼나 분별심보다는 본능이 앞설 개 새끼에게서 그러한 헌신을 받으리라고는 상상도 할 수 없을 터였다.

나는 사람이 살던 세상의 공간이 물리적으로만 사라진 게 아님을 알아챘다. 우리가 다 같이 모닥불을 나누고 있는 이 세계는 이미 다른 세계라는 것을 어렴풋이 이해하기 시작했다.

이 세계가 좋은지 나쁜지 판단할 무엇도 없는 오로지 단 하나의 세계가 우리를 따뜻하게 감싸고 있었다. 그저 만난다는 것으로 생성되었다가 헤어짐으로 소멸되는 그런 공간을 이해한 거였다. 아마도 그래서 혹독한 추위마저 우리를 지우고 앞서 내달릴 수 없는가 보았다.

복숭아 두 개

여분의 식량도 없이 출발한 우리가 배고픔을 면할 수 있었던 건 복숭아 덕이었다. 내 배낭에 든 복숭아는 언제나 두 개가 남아 있었다. 허기를 달래려고 우리가 베어 먹었던 무수한 복숭아들을 우리는 기억하고 있었다. 그래도 여전히 내 배낭엔 우리들의 복숭아 두 개가 남아 있었다.

모두가 알면서도 모두가 입을 다물었던 건, 뒤를 돌아보면 돌이 되는 전설처럼 그 사실을 발설하면 복숭아가 사라질까 두려워한 때문이었다.

무언가가 우리를 비호하고 있다는 느낌을 우리는 함부로 발설하지 않았다. 다만 우리는 무언가를 경외하고 있었을 따름이었다.

장남씨의 직업

사람은 얼마나 열려야 다 열리는 걸까? 나는 걸으며 내내 그런 생각을 했다. 다 열려버리면 허탈해져서 죽기도 하는 걸까? 엄마는 다 열려서 허탈해서 사라진 걸까? 그런 생각도 했다. 아주 뜬금없는 생각이었다. 재앙 이후 이해할 수 없는 현상들을 겪어온 뒤라서 내 생각은 어떤 구심점을 갖지 못했다. 그저 짐작이기만 한 그런 상념을 지니고 나는 조용히 나아가고 있었다.

장남씨(그는 실제의 이름이 장남이었다)는 패러글라이딩 파일럿이었다고 했다. 스테파노가 오랜만에 장난을 쳤다.

"박장남? 그 전설의 파일럿?"

장난기가 가득한 그의 얼굴이 나는 반가웠다.

"장난 아니라니까 너는 그런다. 너는 잘 모르는 모양인데 익스트림 스포츠계에선 이 분이 전설이셨다. 그렇죠?"

그가 동의를 구하자 장남씨가 고개를 끄덕거렸다.

그는 정말로 전설이었다. 바람이 좋은 날엔 우리는 걸어서 보름 넘게 걸릴 길을 날아서 이동하곤 했다.

두 팔을 날개처럼 펴서 우리는 허공으로 떠올랐다. 스테파노가 앞으로 맨 포대기 안에서 쌍둥이가 웃었다. 내 카디건 안에 긴 수건으로 동여매인 곰이도 웃었다. 장남씨는 전설답게 능숙해서 바지 주머니에 강아지 두 놈을 넣고도 한 손엔 막내를 안고 한 손으로 바람을 탔다. 하늘에서 보니, 우리는 어느새 반도의 거의 끝에 이르러 있었다.

지나온 곳은 정지하였으므로 뒤에서 불어올 바람은 없었다. 우리는 오래오래 하늘에 떠 있어도 되는 거였다.

그리고 또 땅에 내려선 오래 함께 걸었다. 1년? 그쯤은 아닐 터였으나 우리의 걷기는 반년을 족히 넘기고 있었다. 내 발은 오래전 엄마, 아빠와 도시를 걸어 다니던 그때를 잘 기억하고 있었다. 하여 나는 두 남자 못지않게 씩씩하게 발걸음을 놀렸다.

걷는 사람들

폭설이 내리고 있었다. 눈발 아래서 세상은 거대한 묘지처럼 엄숙하고 조용했다.

우리는 다시 산책을 나섰다. 우리는 매일 걸었다. 도시로 이사를 나온 이유가 이 걷기를 위해 있다는 생각이 들 만큼.

"바투 다가가서 보면 실재는 '그림'과 전혀 딴판이라는 점, 이것은 실재가 감수하는 가장 큰 불리함 중 하나다."

엄마가 말했다.

"비트겐슈타인?"

아빠가 물었다.

엄마아빠의 게임은 어쩐지 시들했다. 시들해진 건 비단 게임만이 아니었다. 그들의 발걸음 역시 시들시들 사위어가는 햇살처럼 흐릿했다. 나만이 탁탁 힘차게 걸음을 내딛고 있었다.

심야전기는 밤 열시부터 다음날 아침 8시까지 전기를 공급해주었다. 엄마는 이제 목장갑을 끼지 않아도 되었다. 이제는 한기때문에 작업이 끊어질 일이 없었다. 그러나 엄마는 책상에 좀처럼 앉지 않았다. 주방에서만 머물렀다.

아빠는 작업을 하다가 따뜻한 방바닥에 등을 붙이고 누워 잠시 휴식을 취했다. 우리들에게 이런 환경은 처음이었다.

우리는 심야전기 보일러를 써본 적이 없어 엄청 덥게 지냈다. 따뜻하고 안락하다는 느낌보다 덥고 축축하다는 느낌이 이 산책에 일조를 하고 있었다.

"여름방학에 우리 같이 전국을 걷는 체험을 해봐요."

내가 졸랐다.

"그럴까, 미미야?"

"그래, 그러자꾸나."

목적이 생긴 내 발걸음은 더욱 힘찼다.

우리는 중앙도서관 쪽으로 걸음을 잡았다. 우리는 내가 전학하게 될 초등학교 담을 따라 골목을 걸어 나갔다. 골목엔 오로지 눈만 내리고 있었다. 큰 도로로 나서서 길을 건너며 나는 문구점 노란 간판을 봤다. 민들레문구점은 문이 닫혀 있었다. 문방구는 방학 내내 문을 닫고 있었다. 문방구 옆 방송국의 높은 송신탑 위를 올려보던 엄마의 눈으로 눈이 스며들었다. 엄마의 눈이 반짝 빛났다.

우리는 비탈을 오르고 있었다. 비탈길의 꼭대기에 도서관이 있었다.

우리는 매일 길을 사뿐사뿐 걷지만 우리의 길은 세 시간 뒤, 두 시간 뒤, 한 시간 남짓이면 어김없이 사라졌다. 우리는 '오늘도 산책을 위한 하루가 또 열렸군' 하며 잠에서 깨어나지만, 산책은 산책하는 그 순간 내딛는 걸음발 위에만 존재하는 것 같았다. 그렇더라도 우리 모두에게 하루 중 가장 중요한 순간이 바로 이처럼 산책하는 시간이었음을 어떻게 설명하면 좋을까?

아직 새로운 학기는 시작되지 않았다. 시골에서 이곳으로 이사를 나왔고 이 도시, 이 거리, 그리고 새 집에서의 패턴을 이해하고 적응해야 하며 스스로가 자신의 패턴을 만들어야 하는 중요한 때에, 우리는 오로지 걷기로 작정한 사람들처럼 그저 걷고만 있었다.

"걷기 위해 이사를 나온 게 분명하다니까!"

처음에 나는 불평을 앞세우곤 했었다.

우리는 아직 하루의 일정한 패턴, 즉 일상이란 게 없었다. 아직은 떠돌이 여행자 수준으로 도시에서 하루하루를 보내고 있었다. 산책이 우리의 가장 중요한 일상이었으나 걷는다는 건 기본적으로 여행적인 속성이 강하지 않은가.

길에다 우리는 집을 지었다가 허물곤 했다. 빛나는 걸음들의 집. 나는 우리들의 집이 길 위에 세워졌다 스러지는 것 같다고 생각했다. 마음이 번다하지 않을 정도로, 넘치지 않고, 기쁘게 내 것으로 남아 있기를 바라며 우리는 걸었다. 다시 또 걸었다. 우리를 앞으로 나아가게 하는 건 결핍이었다. 간절히 원하는 것이 충분히 채워지지 않는 상태. 결핍의 역동성이 우리를

밀고 갔다. 함박눈이 메울 수 없는 커다란 구멍 세 개가 가풀막
을 오르고 있었다.

도서관 입구에서 아빠가 내 머리에 수북한 눈송이를 떨어냈다.

"미미, 무슨 생각해?"

엄마가 물었다. 나는 대답하지 않았다.

"도대체 누군가가 품고 있는 생각이나 느낌이 궁금해진다는
건 무슨 의미일까? 어째서 나이든 부모의 내면은 궁금한 게 아
니라 피하고만 싶어지는 걸까? 리스크가 많은 가족이어서 그
런 것일까?"

엄마가 연이어 질문을 쏟아냈다.

위험이 많은 삶. 아들내외와 손녀가 도시로 나간 뒤 시골의
할아버지는 모든 걸 방바닥과 등짝 사이에 놓아버린 모양이었
다. 할아버지는 사흘 낮밤을 비몽사몽으로 누워계셨다. 할머니
는 버스 정류장이 있는 다리께까지 나갔다가 발걸음을 돌리셨
다. 운신을 못하고 누워있는 할아버지를 버릴 수는 없었다고 도
리질 치셨다.

엄마아빠는 그 사실을 두고 어떠한 상상도 하지 않았다. 모르
는 척, 지나가는 바람처럼 비켜 서 있었다. 생이 아주 처참하다
는 생각이 들지 않도록 조심하는 것 같았다. 나는 자꾸 '미안해'

라고 말하는 버릇이 생겼다. 내가 도시로 나가고 싶다고 떼를 써서 생긴 일도 아니었는데. 자책이라니. 열 살짜리 내면엔 어떤 자책도 들어서지 말아야 하는 거라고 엄마아빠는 늘 말했지만.

"루저는 엘리베이터가 아니라 계단을 오르내리는 사람들일 뿐이지. 그 계단엔 난간이 없고. 난간은 안전을 위한 최소한의 도구가 아니라 최소한의 형식으로 전락하기 십상이므로 사실 불필요하지. 루저는 패배자가 아니야. 꼴통도 아니고. 다만 느슨하게 풀린 탐미자, 산책가일 뿐이거든. 함께 놀 사람을 찾는 탐색자들이지. 그러한 것에 천재성을 발휘할 줄 아는 사람들, 그들을 우리는 루저라고 부르자."

아빠가 말했다.

우리는 거대한 건물의 계단을 내려갔다. 지하 매점 입구에 당도했다. 우리는 언제나처럼 오른쪽 세 번째 열 첫 번째 탁자에 앉았다. 엄마와 내가 나란히 앉고 아빠가 우리를 마주보고 앉았다.

나는 낙서가 가득한 책상에서 한 가지 재밌는 사실을 발견했다. 낙서는 두 문장의 반복으로 이루어져 있었다. 진하고 흐리고, 까맣고 하얀. 둘 이상의 필체가 그 사실을 교묘히 감추고 있었지만 나는 단번에 같은 내용의 반복임을 알아챘다.

독서행위는 팔이 되고 도끼가 되고 두개골이 되는 것이오.

독서행위는 거리를 두고 비아냥거리는 것이 아니라 자기를 단념하는 것이오.[5]

아빠 엄마가 놀았던 흔적임을 나는 금방 눈치 챘다. 따뜻한 물컵을 쥐자 게임을 위해 열리려던 입이 도로 닫히고 말았다.

나는 낙서를 발설하여 부모를 우쭐하게 하는 대신 매점 진열대에 얹어진 컵라면 쪽을 바라보며 입맛을 다셨다. 그러나 아빠 엄마는 돈이 없었다. 돈을 지니고 있지 않았다. 우리는 컵을 개수대에 놓고 매점을 나왔다. 정기간행물실로 줄을 서서 들어갔다. 맨 앞엔 아빠가 서고 다음엔 내가 그 뒤엔 엄마가 뒤따르며 차례로 도서실로 들어갔다. 유리창 너머 밖에선 여전히 눈송이가 내렸다.

"어릴 때 목화꽃솜을 먹었던 기억이 나네."

엄마가 말했다.

우리는 나비였어. 숨을 못 쉬는 나비. 문이 열리고 밖으로 나가자 색이 돌아오는 나비. 우리를 바라보는, 나비가 아닌 진짜 사람들이 있었어. 우리는 위험하게 매달린 공간에 살면서도 우리들 공간이 그렇게 허공에 매달린 위험한 곳이란 걸 모르고 있었어. 우리는 숨을 못 쉬는 나비를 살리기 위해 애쓰는 인간이었는데 나비가 제 색을 찾아 허공으로 날아가더니 어느 오두막에 이르러서는 검정개가 되었지. 그때 우리는 알게 돼. 아! 우리도 나비구나. 우리는 인간이 아니구나. 그때 목소리가 들려와.

"이미 끝났건만 애쓴다. 애쓰네."

산책에서 돌아와 혼곤한 낮잠에 빠졌던 우리는 깨어나 우리들이 꾼 꿈을 얘기했다. 많이 걷자 꿈도 많아졌다. 꿈을 꾸듯 책을 읽어갔다. 우리가 자유롭게 할 수 있는 건 걷기와 읽기뿐이었다. 무수한 생명이 묻힌 땅 위를 바람이 먼저 빗질하면 수북하게 눈이 덮였다. 세상은 대체로 고요했다. 세계가 땅 속으로 고요하게 묻혔다.

그러나 땅위를 걷던 우리 발걸음 축축하지 않았다.

두 갈래 길

다시 아침이 잿빛으로 밝아왔다. 굿모닝- 굿모닝- 굿모닝- 우리는 인사를 나눈 뒤 서둘러 길을 재촉했다. 이제 하루만 열심히 걸으면 두 갈래로 나뉘는 길의 초입에 도달할 거였다. 나는 장남씨에게 잊고 있었던 질문 하나를 꺼내 보였다.

"찾는 사람을 못 찾았나요?"

"예."

그는 아쉬운 듯 여러 번 고개를 끄덕였다. 그 고갯짓은, 그러나 슬픔이나 회한이 아닌, 꼭 찾으리라는 다짐으로 보였다. 만날 수 있다는 믿음인 듯했다. 나 역시 그이처럼 고개를 끄덕였다.

우리는 그의 독특한 직업 덕에 우리가 가고자 하는 남쪽으로 순조롭게 내려가고 있었다.

그는 전국의 산에서 비행을 했다. 천천히 산 아래 지형들을 눈에 새겼다. 바람이 좋은 날엔 네다섯 시간을 그렇게 떠서 놀았다. 바람과 노니다 보니 가족을 만들지 못했다. 늙은 부모는 그게 걱정이었다. 그러다 다 늦은 나이에 부모의 오랜 걱정을 덜어줄 참한 여자를 만났다. 그 여자와 비행을 했다. 그 여자에게 '우린 부부비행을 한 거에요'라고 고백했다. 그 여자를 부모에게 소개하기로 한 날, 그 날이 바로 그날이었다. 대재앙의 날.

허물어진 버스정류장에서 사흘을 꼬박 기다렸으나 여자를 실은 버스는 오지 않았다.

"저쯤에서 우리는 길 하나를 선택해야 할 겁니다."

그는 평원처럼 펼쳐진 길 끝에 놓인 희미한 실루엣을 바라보며 말했다.

"저 산의 왼편으로 갈지, 오른편으로 갈지 우리는 결정해야
합니다."

그가 다시 말했다.

"길 하나는 우리를 남쪽의 동쪽으로 이끌 거고 다른 하나는
남쪽의 서쪽으로 밀어줄 테니까요."

그렇게 또 다시 패러글라이딩 파일럿이었던 장남씨는 우리가
나아가야 하는 길을 그려주었다.

스테파노의 계획

갈림길이 가까워오자 스테파노가 모두에게 말했다.

"불행한 일이지만, 나는 이 두 길 중 어느 곳도 가보지 못했습
니다. 남쪽 끝에 있는 그곳이 동쪽에 있는지 서쪽에 있는지 나
는 모릅니다. 그냥 그곳에 도착했을 뿐이라서요. 그러니 이럽시
다. 나누어집시다. 그러면 우리 중 누군가는 동쪽이든 서쪽이든
이르게 되겠지요. 그게 어떻습니까?"

장남씨는 스테파노의 제안을 고개를 끄덕여 받아들였다.

"그래요. 그러는 게 좋겠어요. 나는 곰이네와 함께 갈 테니, 당
신들은 테레사와 함께 가시오. 곰이네는 내가 잘 돌볼 테니 걱정
마시고 부디 몸조심하시오."

아직 하루 쯤 남은 거리였으나 우리는 이미 결별한 사람들처럼 마음이 아파왔다. 길가에 나뒹구는 목재들을 모아 다시 모닥불을 지폈다. 제재소 간판이 위태롭게 덜렁댔지만 모닥불은 크고 환했다.

"그분 얘기 좀 더 해주세요."

나는 테레사를 스테파노의 품에 넘겨준 뒤 곰이 새끼 하나에 다시 젖을 물렸다.

"혹시 우리가 가는 길에서 그분을 만나면 우리가 알아볼 수 있게요. 이름이며 생김새며 알고 싶어요."

내 말을 가만히 듣고 있던 그가 품에서 사진 한 장을 꺼내어 건네주었다. 평범한 여인이었다. 차림새는 수수했고 웃음은 명랑해 보였다.

"섬섬이. 따로 이름이 있었지만 난 그녀를 그렇게 불렀어요. 섬섬옥수의 그 섬섬 말이에요."

장남씨의 눈에 눈물이 고였다. 그렇지. 이름을 밖으로 내어보면 그리움이 더 커지지. 내 눈도 따끔따끔해져왔다.

"우리는 같은 부류였던 것 같아요. 같은 부류끼리는 에너지가 호응을 하니까요. 사랑한다는 말은 못했지만, 지극히 상대를 느끼곤 했지요. 이렇게 말한 적이 있습니다. 나도 당신과 같은 에너지 상태요, 라고."

스테파노가 그의 말을 이어 받았다.

"그렇지요. 마음이란 내 안에 숨어 있다가 에너지 파장이 같은 상대를 만나 그와 합치되는 거지요. 냄새로 감촉으로 눈빛으로."

우리는 길을 나선 이후 가장 커다란 불꽃 아래서 잠이 들었다. 땔감은 넉넉했고 나눌 마음 역시 넉넉했다. 우리의 품에 잠든 세상의 어린것들의 숨은 고요하고 편안했다.

별루(別淚)

우리는 마침내 갈림길 앞까지 이르고 말았다. 각자의 마음속에선 어떻든지 함께 가고자 하는 욕망이 끓어올랐으나 다음의 세계가 있다면 누구라도 보존되는 게 좋겠다는 애초의 생각에다 우리들 흔들리는 마음을 비끄러매야 했다.

"혹시 우리 쪽 길에서 당신의 섬섬씨를 만나면 무슨 말을 전할까요?"

곰이네와 함께 서쪽으로 이른다는 길로 걸음을 잡는 장남씨에게 나는 서둘러 물었다. 나조차도 깜짝 놀랄 만큼 아무 겨를 없이 튀어나간 말이었다. 아이를 안은 스테파노 역시 애써 외면하고 서서는 그의 대답을 기다리는 눈치였다.

나는 남자의 미소를 보았다. 보일 듯 말 듯 드러나는 웃음이 그의 골골 바람의 길에 얹히는 것을. 오똑한 코가 아무리 뻗대도 얇은 두 입술이 아무리 꽉 다물어져 있어도 번져가는 얼굴의 미소를 막지 못했다. 섬섬씨를 떠올리자 장남씨 마음이 더 따뜻해진 모양이었다.

"우리 섬섬이를 만나거든 전해주시오. 함께 다시 바람을 타고 싶다고. 기다려 달라고. 반드시 찾아갈 테니 내 걱정은 말고 편안히 기다리고 있으라고 말해주시오."

그는 우리를 향해 목례를 하고는 등을 돌려 길을 잡아 나갔다. 씩씩한 그의 발걸음 위로 모두의 눈물이 떨어져 내리고 있었다.

세계의 종말 앞에서도 우리는 최선을 다해 한 사람을 기억한다. 이것이 우리가 사는 생의 실체가 아닌지. 나는 그런 생각을 하며 장남씨의 뒷모습을 바라보고 서 있었다. 눈발이 그들을 완전히 가릴 때까지.

사춘기 소녀

나는 서른이 코앞인 나이에 늦은 사춘기를 앓는 듯했다. 매 순간 내 마음이 민감하게 작동하고 있었다. 그러나 다행히도 그 마음을 감당하는 놀라운 힘 역시 지니고 있었다. 마음을 잃어버린

지 나흘째라고 벽에다 고백한 엄마를 떠올리곤 했다. 내 마음은 제가 놓일 가장 알맞은 자리를 찾은 것도 같았다.

나보다 어리고 약한 것들에만 마음을 놓는다면 나는 끝내 사춘기를 벗어나지 못하리란 것도 알게 되었다. 내 생애 가장 끔찍한 인물이라고 믿었던 엄마를 내가 닮아 있었다.

엄마에겐 아무런 책임도 없다. 그건 엄마의 시간이었다. 이제 나는 나의 시간을 만들어 다시 엄마를 초대하고 싶었다.

산동네가 있었고 그 산동네에 어울려 살던 사람들이 있었다. 그 사람들의 아들딸이 있었고 거기에 스테파노, 산이 삼촌도 있었다. 산동네에서 어른들과 아이들이 함께 모험을 했다. 위험을 무릅썼으며 위험이 있어서 더욱 그들의 그때, 그 현재가 빛났다. 놀랍게도 그들은 그 빛나는 현재에 매몰되지 않았고 더 먼 미래를 꿈꿨다. 고통스럽고 훌륭한 삶이었다.

사람들은 자신의 가장 빛나는 때가 지났다는 것을 모르기 십상이다. 온 세상이 저를 중심으로 환호하던 때가 지났다는 것을 당사자도 주위사람도 모르는 경우가 허다했다. 그리하여 우리는 내 생각과 판단이 참으로 옳고 정의롭다고 착각하며 자신을, 그리고 남을 속단하곤 한다.

나는 나의 때가 지났는지 아직 오지 않았는지 모른다. 어쩌면 지금이 내 생의 가장 빛나는 정점, 그때일지도 모른다.

잃어가는 마음이 다 비워지고 테두리마저 거두어졌을 때 나는 새로운 마음, 나의 것이라고 절대로 주장할 수 없는 모두의 마음을 지니게 되겠지. 훔쳤다고 뺏겼다고 다투는 일은 없어지겠지. 그때엔 장남씨가 보여준 미소를 나도 짓게 되겠지. 흐뭇하게 마음들을 날아다니겠지.

나는 한 발을 다시 내딛었다. 어쩐 일인지 재앙의 그날처럼 땅이 흔들린다고 여겨졌다.

신기루 혹은 환영

그것은 커다란 건물이었다. 다행스럽게도 몸체가 멀쩡히 버티고 서 있기는 했으나, 살구색 페인트는 긁혀져 콘크리트의 회색이 드러났고, 억지로 뜯어낸 듯한 벽의 자국 아래, 글자를 알아볼 수 없는 간판이 대롱대롱 매달려 건물의 네모난 입구를 어설프게 가리고 있었다. 필시 무너지기 전에는 병원이었겠지만, 지금에 와선 자기를 이렇게 만든 게 누구의 소행인지 건물 스스로도 모르는 채 그저 바래서 낡아 있었을 뿐이었다.

특이한 점이 하나 있었는데 사방의 유리창만이, 누군가 새로 갈아 주었는지 깨진 곳도 없이 말끔하게 닦인 채로 건물에 붙어서는, 혼자 아등바등 버티고 있는 간판을 안타까워하고 있었다는 것이다. 게다가 내가 까치발을 하고 창 너머를 넘겨다보았을 때엔, 친절하게도 건물이 그 투명한 막을 통해 제 안을 훤히 보이게 내비쳐 주기도 하였다. 그러나 거기에 내가 예상한 대로의 병상이나 링거를 매단 대 같은 것은 보이지 않았다. 가로가 긴 사무용 책상과 바퀴 달린 의자들이 서로 마주하고 놓여, 마치 칸막이처럼 딱딱한 대열을 이루고 있지도 않았다. 다만 내가 본 것은 어찌 된 영문인지 수천수만 권이 꽂혀 있을 적갈색 나무 책장 여러 개였는데, 그 광경은 마치 큰 마을에 하나씩은 있을 법한 도서관과 같았다.

"미미야, 정신을 차려라. 미미야, 미미야?"

눈을 떴을 때, 나는 병원도 도서관도 아닌 황량한 벌판 가운데에 누워 있었다.

스테파노의 얼굴이 흑색으로 어두워져 테레사의 얼굴들마저 새파랗게 질려 있었다.

"나, 괜찮아. 다 와가는 거지?"

내가 묻자 그가 고개를 끄덕거렸다.

병원이든 도서관이든 내가 쓰러진 이곳엔 아마 무언가가 있었던 모양이었다. 성마른 추위가 만든 사진 한 장을 내 걸음이 넘어뜨렸는지도 몰랐다. 그러나 다행히 나는 여전히 테레사의 이마들을 만질 수 있었고 그가 보내오는 손끝의 온기를 느낄 수 있는 사람이었다. 아직은 사진으로 변하지 않은 실감을 보유한 사람이었다.

우리가 도달한 곳

마침내 우리는 숲 앞에 이르렀다. 빽빽하여 들어갈 틈이 없는 숲이었으나 숲이 우리를 그 안으로 빨아들였다.

우리는 누가 무엇으로 만든 건지 알 수 없는, 어떤 거대한 문으로 들어섰다. 문은 스스로 열리며 우리의 걸음을 받아들였다. 우리는 그저 그 문을 통과하기만 하면 되었던 것이다. 태양은 이미 검은 빛이어서 우리는 우리가 들어가고 있는 문 안의 세계를 볼 수 없었다.

어둠 속을 한참을 걸어 들어가는 일 따윈 필요치 않았다. 어둠에 잠긴 어떤 길이 우리를 태우고 천천히 움직여 나갔다. 우리는 그저 그 길 위에 가만히 서 있기만 하면 되었다. 사람이 함께 살던 시대의 에스컬레이터나 무빙워크웨이처럼 길이 우리를 태우고 흐르고 있었다. 이윽고 길이 동작을 멈추자 또 다른 문이 열렸다. 나와 스테파노는 길에 내려 열려지고 있는 문 앞으로 한

발을 내디뎠다. 안에서 불빛이 새어나왔다. 왁자한 소음이 함께
따라 나왔다. 쏟아지는 불빛이 우리들 어둠에 익숙했던 눈에 무
리를 주고 있었다. 나는 테레사를 안은 채 잠깐 휘청거렸다. 스
테파노가 나를 부축했다.

우리는 문 안으로 들어섰다. 시끄러운 음악과 후끈한 열기들
이 순식간에 마루에 내려앉았다. 수를 가늠하기 어려운 사람들
의 시선이 안으로 들어선 우리들에게 꽂히고 있었다. 사람들이
어울려 살던 시대의 파티장과 흡사한 냄새, 빛, 소리들이 잠깐
새로운 손님 앞에 멈췄다가 다시 제 리듬들을 탔다.

사방의 벽면에선 활동사진들이 소리 없이 바쁘게 움직였다.
갑자기 사진들이 착착 뒤로 물러나자 실내 마루엔 다시 고요가
조금씩 움터 나왔다. 적요 속에 하나의 거대한 그림이 중앙에
상을 맺고 있었다.

모두의 시선을 끌어간 그림에 내 눈길 역시 잡혀 있었다.

엄마였다.

6. 마침내 마주한 시간

그림엄마

〈정원〉의 마당을 거닐며 엄마는 꽃들에게 물을 주고 있었다. 누군가가 모아 놓은 돌멩이들 앞에서 찬찬히 그 돌멩이 하나하나를 어루만졌다. 돌멩이 하나를 안고 일어난 엄마가 〈정원〉의 파란 대문을 나서는 게 보였다. 저 정도 크기의 돌멩이라면 엄마의 걸음이 묵직한 건 당연해 보였다. 엄마의 산모수첩에서 읽은 태어날 당시의 내가 저만할 거였다.

엄마는 우리가 떠나 온 그 집의 마당으로 들어섰다. 부엌 쪽 댓돌 옆에 두꺼비처럼 생긴 돌멩이를 내려놓았다. 엄마가 댓돌을 밟자 두꺼비돌멩이가 엄마의 발을 바라보았다. 엄마는 하얀

고무신을 신고 있었다.

엄마는 부엌의 현관문을 열었다. 쪽마루로 올라가 새시문 두 개를 열었다. 윗방의 고운 창호문을 열어젖혔다. 창고 쪽의 작은 창을 열고 뒤란으로 난 역시 작은 창을 열었다. 방을 한번 휘둘 러본 뒤, 마루로 나서서 아랫방으로 향했다. 창호문이 소리 없이 열리고 뒤란으로 난 창문이 활짝 열렸다. 엄마는 가지런히 개켜 진 이부자리에 잠시 눈을 던지고는 이내 다시 마루로 나왔다. 주방으로 내려서서는 식탁을 가만히 바라보다가 식탁을 돌아가 여름날 남정네가 등목을 했을 우물 쪽으로 난 창문을 열었다. 다 시 식탁을 돌아나온 엄마는 욕실을 지나 뒤란으로 난 주방의 새 시문을 열고는 잠깐 주방 한켠에 딸린 그 욕실로 가서 그 욕실 의 작은 창을 연 뒤에 수도를 틀어 세수를 했다.

엄마가 천천히 다시 주방으로 걸어 나왔다. 마침내 엄마는 최 초로 열었던 주방 새시문을 나와 댓돌 위에 서서 가지런히 두 손 을 모으고 정면을 응시했다.

엄마의 그 눈이 바라보는 건 바로 나였다.

나는 정확히 나를 향해 날아오는 엄마의 눈길을 받아들였다. 오래오래 엄마의 눈을 마주보고 있었다.

저 눈은 다 봤을 것이다. 저 눈은 사랑의 감정도 이별의 아픔도 삶의 쾌도 불편한 진실도 다 봤을 것이다. 저 눈은 그 곁에 있던 특별한 그들을 찬찬히 투과해 나갔을 것이다. 지금 나에게 하듯. 내 눈을 벗어나 더 먼 저 어둠의 세계까지 닿았던 엄마의 눈길이 알맞게 당겨져 다시 내 눈에 모였다.

눈은 웃지 않았으나 다정했다. 눈은 울지 않았으니 슬펐다. 우리는 오래오래 서로의 눈을 응시했다.

엄마가 이윽고 웃었다.

나도 엄마에게 웃음을 보냈다.

나는 엄마가 나를 배태하던 그 순간을, 나를 세상 밖으로 밀어내던 그 순간을 떠올렸다. 엄마가 나를 바라보던 눈빛의 방식을 이제 나는 알 것 같았다. 설명이 필요치 않은 감수의 방식을 엄마는 여전히 지니고 있었다. 찰나에 전부를 거는 방식은 엄마의 방식이자, 돌이켜보니 바로 나의 방식이었다.

나의 온 마음을 부드럽게 만져주던 엄마의 눈이 이윽고 내 옆으로 향했다.

이제 엄마의 눈은 스테파노를 바라보았다.

눈은 웃지 않았으나 다정했다. 눈은 울지 않았으니 슬펐다. 두 사람은 오래오래 서로의 눈을 응시했다.

나는 스테파노의 떨리는 손을 잡았다.

엄마의 눈이 보석처럼 반짝였다. 엄마의 눈이 천천히 내 품에 안겨 잠든 아이에게로 다시 날아오고 있었다. 우리들의 아이였다. 엄마와 내가 만들었든 엄마와 스테파노가 만들었든 스테파노와 내가 만들었든 우리들의 아이였다.

엄마의 얼굴에 가을햇살보다 더 눈부신 웃음이 번져났다.

엄마가 두 팔을 벌렸다.

나는 내 품의 테레사를 엄마를 향해 내밀었다.

이 세계

이곳은 산 자와 죽은 자의 경계가 없다. 우리들 입체인간들 대부분은 그림사람 앞에서 시간을 보낸다. 그림사람들은 말을 할 수가 없어서 우리들의 대화는 눈빛으로만 이루어진다. 우리는 눈빛에 모든 이야기를 담아야 한다. 따라서 우리의 눈빛 대화는 아주 놀라울 만큼 진화해 갔다.

스테파노와 나와 테레사는 가끔은 그림엄마를 벗어나 목소리를 내는 대화를 하기도 했다. 드문 경우였으나 우리처럼 아는 사람과 함께 이곳에 온 사람들도 있어서 세계 안은 언제나 자분자분 주고받는 목소리가 영화의 배경음악처럼 깔려 있었다. 그러나 입체인간들끼리의 대화는 가능한 최소로 이루어졌다. 그것이 입체인간인 우리의 윤리였다. 함께하는 그림사람들에게 지니는 일종의 예의 같은 것.

"당신이 여길 왜 도망친 건지 알 수가 없어. 이곳은 너무나 훌륭해."

내가 소곤댔다.

"당신이 모르는 게 한 가지 있지. 아직 당신은 모르는 것."

스테파노가 낮은 소리로 말했다.

"그게 뭔가요?"

내가 물었다.

"곧 알게 될 거야."

그가 쓸쓸한 눈으로 나를 보더니 말을 덧보탰다.

"알게 되더라도, 당신은 견딜 수 있지. 테레사가 있으니까."

그러나 이곳을 도망친 이유를 그는 끝내 말하지 않는다. 나는 모두의 마스코트가 되어버린 테레사에게 젖을 물리며 그의 쓸쓸함에 이 곳 전부가 쓸쓸함으로 가득 차는 걸 보고 있었다.

혹시 이것 때문일까?

이곳은 우리의 오욕칠정에 따라 세계가 새로 구성되곤 했다. 누군가의 마음이 어두워지면 이 안의 모든 것이 어두웠고, 누군가의 마음이 갈피를 잃으면 너나없이 마음의 갈피를 잃고 함께 흔들렸다. 그러니까 나 한 사람의 생각으로 인해 전부가 다른 풍경에 놓인다는 것. 이것이 내가 이 세계에서 발견한 함정이었다. 그러나 그 혼란은 이내 잠잠해지곤 했다. 우리 스스로가 제어하기 힘든 혼란이 오면 전령사들이 나타나곤 했다. 그들의 무심(無心)이 세계를 진정시켰다.

그들의 수고로움을 생각해서 이 세계의 거주자들은 평상심을 지니는 훈련을 게을리 하지 않았다. 그리하여 전령사가 나타나야 할 만큼 오래 어떤 한 개인의 감정이 이 세계 전체를 지배하는 경우는 드물었다. 지금처럼 우리는 다른 이의 마음이 일으킨 색깔로 들어갔는데도 대부분의 거주자가 그걸 채 깨닫기도 전에 그 감정을 지녔던 그는 제가 일으켜 놓은 그 감정을 이렇게 빠져나오곤 했다.

그러니 이것이 스테파노를 이곳에서 도망치도록 만든 건 아닐 터다.

평면과 입체

"평면과 입체의 문제라고 할까?"

스테파노가 다시 그림엄마를 향해 나아가며 말했다. 그림사람들은 언제든지 스테파노와 나 같은 입체인간들을 자기 앞으로 불러낼 수 있었다. 그들은 소리를 내어 우리를 부를 순 없었지만 마음의 기운만으로도 우리를 움직였다. 나는 그 사실이 어쨌든 공평해 보였다.

평면과 입체라니?

나는 그림엄마와 마주한 스테파노의 등을 보며 앉아있었다. 이곳에서도 그의 등을 보는 일이 잦다. 이 멋진 곳에 이르러서도 나는 테레사의 씨앗을 날려주던 저 등을 바라보는 일에는 좀처럼 익숙해지지가 않는다.

그림엄마와 스테파노는 한번 마주 앉으면 오래 이야기를 주고받았다. 그럴 때면 나도 스테파노의 등을 오래 바라보아야 했다. 그러나 그 때의 내 마음은 세계가 함께 흔들릴 만큼 아주 쓸쓸한 것만도 아니었다. 테레사의 손들이 내 목과 뺨을 간질이곤 해서 나는 오히려 웃음을 참느라 애를 먹었다.

이곳에 살기 위해

이곳에 사는 우리는 물만 먹는다. 하루에 두 번 배설한다. 그게 끝이다. 생명이란 것을 유지하기에 참 간단한 시스템이었다. 그런데도 우리 입체인간이나 저 그림사람들이 보존되고 있었다. 이 세계를 보존하는 건, 영양가 있는 음식들이 아니라 바로 눈빛

들이었다. 서로가 서로를 바라보는 그 눈빛들이 생의 에너지가
되고 있었다. 눈빛을 오고 가게 하는 그 마음이 바로 이 세계를
유지하는 에너지의 원천이었던 것이다.

세상에 단 하나 뿐인 그림사람이든, 내 곁에 머물러 실감을
주는 또 다른 입체인간이든 우리는 우리의 처지와 우리의 그리
움을 이해하고 연민했다. 마음을 나눌 사람이 존재한다는 것,
그것이 우리가 물만으로도 이곳에서 살아갈 수 있는 이유였다.

가끔 이유를 알 수 없는 아픔이 마음을 흔들기도 했다. 그러
면 우리는 내 마음이 아픈 건지 다른 누군가의 마음이 아픈 건
지 모르는 채로 함께 아파했다. 그러며 우리는 서로를 보고 웃
었다. 아픔을 느끼며 함께 웃는다는 것, 이것이 함께 우리가 여
기에 있는 이유 같았다.

떨어져 멀리 있어 느끼는 그리움도, 함께 있어 공명하는 이 외
로움도 우리는 아직 벗어날 수 없었다. 다만 우리는 부지런히 마
음이 내미는 눈길을 주고받았다. 우리는 생을 걸고 서로를 충분
히 만나갔지만 어렴풋이 이 세계가 무언가 미진하다는 것을 느
낄 때도 있었다. 그러나 나는 그게 무언지 아직은 잘 몰랐다. 내
가 아는 건 눈이 행복해도 가슴은 아프다는 것. 그럴 때면 그림
사람들의 수가 부쩍 줄어든다는 것 정도였다.

마음

목격

그러던 어느 밤, 마침내 나는 스테파노가 말하려다만 이 세계의 함정을 목격했다.

엄마 옆에 앉아 있던 허리가 굽은 노파가 갑자기 암전되며 사라졌던 거였다.

검버섯이 난 야윈 손 하나가 할머니 볼에 닿는 순간 할머니는 순식간에 사라져 버렸다.

숨죽인 탄식이 세계에 쌓였다.

야윈 손을 끌어와 바라보는 할아버지의 뺨 위로 굵은 눈물이 흘러내렸다.

그랬다. 이 세계의 함정, 치명적인 함정이 바로 이거였다. 그림사람을 만지는 순간 그리움의 그 사람이 사라진다는 것.

항의

나는 엄마에게 양해를 구하고 스테파노를 돌려세워 오십 보쯤 세계를 걸어 나왔다. 테레사는 아내를 잃은 할아버지의 눈물을 위로하다 할아버지 품에서 잠들어 있었기에 우리는 오랜만에 오붓하게 서로를 마주보았다.

"왜 이 사실을 나에게 미리 얘기해주지 않은 거지? 내가 실수

로라도 엄마를 만졌다면 엄마도 저 할머니처럼 사라졌을 텐데?"

"그럴 리는 없어. 엄마가 너를 막았을 테니까."

그가 대답했다.

"엄마가 막는다고? 어떻게? 눈빛으로?"

내가 물었다.

"맞아. 강력하게 경고하지. 웬만한 감정들은 죄 스러지지."

그가 말했다.

"그럼 저 할머니는 왜 사라졌어? 할아버지에게 경고했을 텐데?"

나는 그의 말을 믿을 수 없었다. 나는 열심히 항의했다.

"경고하지 않은 거지. 할머닌 그냥 할아버지의 그 손길을 느낀 거지."

그가 말했다.

"뭐라고? 말도 안 돼! 자기가 사라질 것을 알면서 그 손길을 멈추게 하지 않았다는 말이야?"

나는 다시 그에게 격하게 항의했다.

"이런 경우가 드문 게 아니야. 한 번의 실감을 위해 사라진 그림사람이 많아. 그러니 이 세계가 위험한 거지."

그 역시 성이 나는지 갑자기 목소리를 높였다.

"당신도 그럴 뻔했구나……."

나는 모기소리로 중얼거렸다. 그래서 당신이 이곳을 도망쳤구나. 그런데 이곳에서 밖으로 나갈 수는 없을 텐데. 이곳에 이르는 무수한 길들의 종착인 저 문은 문밖의 사람으로만 열리는 문이지 않는가. 이곳에 거주하는 누구도 빤히 보이는 저 문을 열수가 없었다. 엄마가 어떻게 뭘 도운거지?

사라진 전령에 관해

"다른 산타클로스를 불렀지. 산타클로스 중의 산타클로스, 우린 그를 열린 자라 불렀지. 네 엄마가 그를 불렀던 거야."

그가 말했다.

"산타클로스, 일종의 조커. 그들은 뭐든 다 해결하지."

그의 목소리에 서린 건 질투 같기도 하고 비아냥 같기도 한 좋지 않은 감정의 형태여서 세계가 잠시 또 그렇게 출렁거렸다.

"사라진 전령이 있어. 내가 그 전령의 오토바이를 타고 여길 도망쳤지. 아니 그가 나를 자기 뒤에 숨겨 태웠다고 하는 게 맞겠군."

다행히 스테파노의 마음은 균형을 찾아갔다.

"그는 스스로가 만든 이 세계의 룰을 어기고 말았지. 그는 전

령 중의 전령이었어. 우리들 어떠한 동요 앞에서도 그는 초연했
지. 그건 무관심이 아니야. 마음을 관심의 끝까지 몰고 가서 마
음자리를 한없이 넓히는 아주 어려운 일인 거지. 네 엄마의 부
탁을 받은 그가 나를 이곳에서 탈출시킨 거야.

다른 전령들이 우리를 쫓아오자 그는 아주 다른 길들로 달
렸단다. 그리고 마침내 낭떠러지에서 우린 굴러 떨어져버렸어.

얼마의 시간이 지났는지 알 수 없었지만 나는 나뭇가지에 걸
린 채 매달려 있더군. 그러나 오토바이도 전령도 보이지 않았
어. 내 발 저 아래에 천길 낭떠러지가 있더군. 절벽에 부딪치는
파도소리도 들리지 않을 거리였어. 파도의 포말이 어렴풋이 보
일 뿐이었지"

그는 잠시 등을 돌려 저 멀리 가만히 앉아있는 엄마를 바라보
더니 다시 입을 열었다.

"그때 난, 내가 떠나온 그 세계, 그러니까 지금 우리가 있는
이 세계가 어떻게 만들어졌는지 알게 됐단다. 세계를 얻을 만한
좋은 마음 두 개가 있다는 걸 알았지. 그 하나는 우리처럼 이런
민감한 마음이고 다른 하나는…… 균형을 지닌 마음이지. 모든
걸 포용해도 치우치지 않는 마음도 있다는 걸 그때 난 알았어."

그가 가만히 나를 바라보았다.

"우리 아빠 같은 마음이네."

내가 중얼댔다.

스테파노는 그저 고개를 끄덕일 뿐이었다.

나는 내 아빠가 혹시 이 세계의 전령 중의 전령이라는 그 사람이 아닐까, 잠깐 생각했다. 그러나 묘하게도 이 세계는 입체든 평면이든 여기에 존재하는 것들로 관심을 끌어가서 내 관심은 거기서 끝이 났다.

아빠는 왜 이곳에 그림사람으로도 존재하지 않는지 잠깐 억울해지긴 했다. 그러자 세계가 전부 억울한 빛으로 물들었다. 나는 서둘러 내 감정을 빠져나와야 했다.

영원 같은 찰나

잠긴 수도꼭지가 물방울 하나를 매달게 되는 시간. 이곳의 주인은 시간이었다. 우리가 서로를 바라보는 세계가 만드는 시간, 그곳이 바로 이곳이었다. 우리는 시간 위에 그렇게 오래 앉아 있었다.

〈마음〉에 관하여

엄마와 엄마의 노트에 관해 한참 얘기하며, 〈마음〉은 끝냈나요? 내가 묻고 있을 때였다. 엄마 곁에 하연 언니가 앉아 있었다. 언니를 본 순간 나는 내가 불러낸 그림인 줄 알았다. 그렇다면 하연 언니도 평면의 세계로 넘어간 모양이구나, 하며 언니를 바라보는데 언니는 나를 바라보는 게 아니었다. 하연 언니는 그 앞에 실체의 사람을 두고 있었다. 영호 오빠였다.

나는 영호 오빠가 반가웠지만 아무리 반가워도 이 세계에 사는 우리들 입체인간은 그림사람과의 만남을 방해할 권리가 없는 존재였다. 나는 그들의 대화가 끝날 때까지 영호 오빠 옆에 그림처럼 앉아 있었다. 혹시 또 바닥에 쓰러지면 어쩌나, 걱정을 하면서. 테레사와 얘기를 나누다가도 엄마는 그런 나와 눈이 마주치면 빙그레 웃으며 고개를 끄덕였다.

테레사의 떼에 못 이겨 스테파노가 엄마를 떠나자 엄마가 그제야 내 질문에 답을 해왔다.

"〈마음〉은 네가 쓰고 있잖아?"

엄마가 웃으며 말했다.

"내가? 나는 쓴 기억이 없는데? 쓸 마음도 없어요. 내 맘은 오로지 여기에 놓여 있잖아요?"

내가 놀라서 물었다.

"네가 완성할거야. 너는 아직 글자들을 새길 두 손이 거기 그대로 있잖니?"

엄마가 또 특유의 발랄함으로 사람을 속이기 시작했다. 왜 나는 엄마가 발랄해지면 무언가 사람들을 속이고 있다는 생각이 드는지 모르겠다. 어려서도 그랬는데 서른다섯이나 된 지금도 그렇다.

나는 쳇, 하면서도 덩달아 그 기운으로 기분이 상승되고 있었다. 글을 쓰고 싶다는 생각은 엄마의 궤짝에서 엄마의 노트들을 만날 때부터 다시 생겨나기 시작했었다. 그건 틀림없는 사실이었다.

영호와 하연

그해, 엄마의 낙서를 정리하던 겨울밤에 영호 오빠와 하연 언니가 막걸리 두 통에 큼지막한 두부 한 모를 사들고 현수와 내가 머무는 오두막에 찾아왔었다.

젊은 청춘들이 어울린 술자리는 길어졌고, 현수도 상당히 유쾌해하며 그 자리를 즐기고 있어서 안심이 된 나 역시 여러 잔의 술을 받아마셨다. 영호 오빠가 구영감네 구멍가게에서 막걸리 세 통을 더 사서 막 방문을 열던 참이었다. 하연 언니가 내가 옮겨 적은 엄마의 낙서 한 구절을 끌어가 읽기 시작했다.

"〈정원〉의 모임은 당분간 부정기적일 것이지만, 어른들과 아이들이 함께 있어 열렸던 우리 모두의 마음은 빙산의 가장 밑바닥에서, 우리들 심연에서, 우리들의 길을 이끌 것이다. 화사한 빛으로 우리의 발걸음을 이끌 것을 나는 믿는다. 이 믿음은 〈정원〉을 만난 첫날부터 근거도 없이 생겨났다."

소리내어 읽던 하연 언니가 여여아줌마 말이네, 하며 고개를 끄덕댔다.

"이 방에서 아줌마가 말했었잖아? 영호, 너도 생각나지?"

"응. 맞아, 아줌마가 우릴 불렀었지."

영호 오빠가 현수의 잔에 술을 따르며 맞장구를 쳤다.

"정말이야? 그런데 난 왜 기억에 없지?"

내가 투덜댔다.

"너 그때, 서울 외갓집에 가 있었을 걸?"

하연 언니의 놀라운 기억력에 굴복한 채로 그때도 나는 엄마를 미워하고 있었다. 중요한 순간엔 꼭 나를 따돌리지, 하며.

그때 현수는 어쩌고 있었던가? 현수는 발랄한 천재가 되어 두 언니 오빠의 쓸쓸함을 보고 있었다. 나중에 현수를 통해 안 사실이지만, 그때 하연 언니는 〈정원〉의 최국장을 연모하고 있었다. 영호 오빠는 그런 하연 언니를 한결 같은 마음으로 바라보고 있었다. 어려서도 그때도 그리고 지금도 영호 오빠의 심장을 돌리는 엔진은 하연 언니였다.

그리고 이젠 하연 언니의 심장도 영호 오빠에 의해 힘차게 돌아가고 있었다.

재앙 앞에서 우리는 갑자기 느닷없이 나의 사람을 발견하기 때문이다.

그림사람이란

추위가 두 남녀의 등 뒤까지 이르렀을 때, 영호 오빠는 하연 언니를 껴안고 주저앉았다. 추위는 모든 걸 한 장의 흑백사진으로 만든다는 걸 영호 오빠도 알고 있었다. 그렇다면 다정히 손을 잡고 서로를 바라보는 사진이 더 나았다. 그렇다면 언니와 마주해 서로를 보는 그 눈으로 남는 게 나을지도 몰랐다. 그러나 오빠는 위협 앞에서 언니를 보호했다, 본능적으로.

오빠의 등에 이른 추위는 걸음을 멈추었다. 그러나 하연을 안았던 품은 텅 비어 있었다. 게다가 자신은 여전히 부피를 지닌 물체로 남아있었다. 오빠는 앞으로 걸음을 내디뎠다. 추위는 영호 오빠의 걸음 만큼씩만 앞으로 진행했다. 우리가 이곳을 찾아오던 길이 그러했듯.

그리고 마침내 오빠가 이곳에 도착한 거였다. 이곳에 이르러 다시 하연 언니를 만나고 있는 거였다.

"엄마도, 하연 언니처럼 그렇게 되었던 거야? 같은 위협 앞에서 자기 등을 내밀어 타인을 잠시라도 보호하려는 그 마음들이 엄마 같은 그림사람들을 만든 거야?"

내가 엄마에게 물었다. 엄마의 눈이 촉촉하게 젖고 있었다. 엄마가 고개를 끄덕였다.

독가스에도 살아남은 나와 같은 자들이 있으니 추위에도 살아남는 자들이 얼마든지 있겠지. 영호 오빠처럼. 엄마의 그 사람처럼. 우리 중의 누구처럼. 얘기를 종합해 보면 우리에게 다가오는 추위를 제 등에 다 받아 내며 우리를 보호한 것은 스테파노일 게 분명했다. 뒤를 돌아보지 말라던 그의 부탁은 뒤에 남겨지는 처참한 사진들을 보지 말라는 뜻이 아니라 자신을 보지 말라는 뜻이었을 지도 몰랐다. 어쩌면 등 뒤에 붙어 오는 재난을 이겨내기 위해 그는 괴물의 모습이 되었어야 하는지도 몰랐다. 그 모습을 보면 우리는 마음을 잃고 더 이상 발걸음을 내딛지 못할 거였다. 좌절했을 것이다.

남아 있는 세계를 위협하는 건 추위만이 아닐 터였으나 우리들은 우리들의 힘을 아직 다 아는 게 아니었다. 옆에 있는 영호 오빠가 그 본보기였다.

"위협 앞에서 엄마를 택한 사람은 누구였어?"

내가 물었다.

엄마가 나에게서 눈을 돌려 테레사와 신나게 놀고 있는 스테파노를 바라보았다.

스테파노와 엄마

오랜 세월 떨어져 있던 엄마와 스테파노가 재회를 한 그 날은 아주 화창한 가을 아침이었다. 스테파노는 신부복을 벗고 가방에 성경을 넣었다. 성경 옆에 꽂힌 소설책 하나도 같이 넣었다. 책상 위에 수북한 일회용라이터를 쓸어 모아 비닐에 담았다. 책상 서랍은 진작에 정리했으므로 책상 위에 놓인 자신의 물품은 그게 다였다. 이미 개봉해 사용하던 커다란 곽성냥을 가방에 넣고 그는 사제관을 나왔다.

성당의 돌담 아래에 그녀가 서 있었다. 쉰 넷의 여자가 소녀 같은 미소로 그를 맞이했다. 그도 화사한 웃음으로 화답했다. 그들이 서로를 애타하면서도 서로를 벗어나 지냈던 세월 동안 보일 수 없었던 마음들이 피부 밖으로 뛰쳐나오기 시작했다.

신도들이 보든 말든 스테파노는 그녀를 안았다. 볼에 입을 맞추었다. 이마에 입을 맞추었다. 그때였다. 흔들렸다. 고꾸라졌다. 고꾸라지며 스테파노는 그녀의 등을 돌려 자신의 무게를 감당할 수 있도록 했다. 무의식적이고 본능적인 움직임이었다.

스테파노가 들려준 대재앙 당시의 정황이었다.

모든 격동, 마치 그들의 재회가 일으킨 심장만큼이나 강한 격동이 가라앉고 그가 정신을 차렸을 때, 엄마는 보이지 않았다. 태아처럼 구부린 엄마의 그림자 저 쪽, 무너진 돌담 한쪽에 말짱하게 놓인 자전거 한 대만 보일 뿐이었다.

"우린 너를 보러 가려던 참이었다. 우리도 서울에 있었지."

그가 말했다.

"네 아빠, 민우 형의 믿기 어려운 결심이 우리에게 보낸 축복을 너에게 말할 참이었어."

그가 말했다.

"민우 형이 우리를 터미널에서 기다리고 있을 거였다. 너를 만난 뒤 다 함께 내려갈 참이었거든."

그가 말했다.

그 세계의 끝, 나는 처음으로 그날을 천천히 음미할 수 있었다. 나는 눈을 감고 그 세계의 마지막 몇 분을 오래오래 거닐었다. 날씨가 좋았다. 현수와 등산을 가려고 배낭을 챙겼다. 현수의 잘생긴 웃음이 그 아침의 햇살처럼 촉감이 되었다. 모든 게 다시 살아났다.

나는 감은 눈을 떴다. 내 눈을 기다리고 있는 엄마를 바라보았다.

고마워, 엄마. 고마워.

엄마가 고개를 끄덕였다. 고인 눈물이 흔들렸으나 볼을 타고 내려오지는 못했다. 그러나 내 눈물은 바닥에 떨어져 작은 소리를 냈다.

껍질을 두르지 않은 마음

존재의 사라짐 앞에서 등을 돌려 그 존재를 지키려고 했던 스테파노와 영호 같은 자들은 바로 이 세계의 전령이 될 어린 나무들이었다. 우람한 나무인 전령은 네 명 밖에 없지만, 그 중에서도 전령 중의 전령이라는 사람은 이곳에 없었지만, 차세대 전령 둘이 이곳에 있는 거였다. 그거면 괜찮은 거였다. 그들은 반쯤 열렸지만 앞으로 다 열려갈 거였다.

그래서 당신이 나를 그토록 설득했던 거로구나. 엄마처럼 그림사람으로 만들지 않으려고. 실체의 나를 보존해주려고. 당신은 얼마든지 추위를 피할 수 있다는 걸 이미 알고 있었던 거야.

두 갈래 길에서 서로 떨어져 가자고 한 것도, 장남씨와 곰이네를 그림사람으로 만들지 않으려던 거였어.

혹시 나와 테레사가 그림사람이 되더라도 그건 당신이 감당하겠다는 뜻이겠지. 그림사람이 되어도 나나 엄마가 외롭지 않을 거라고 생각했겠지. 모두의 테레사도. 새로운 인류인 우리의 테레사가 그림사람으로만 존재하는 건 안타까운 일이겠으나 당신이 늘 불러내 줄 거였으니까.

나는 이제야 알게 되었다. 당신은 나 하나의 사람이 아니었구나. 전령이 될 사람이구나. 당신은 여러 차원의 마음을 넘나들겠구나. 무심으로 나아가겠구나.

어떤 마음은 마음의 다른 차원으로 넘어가는 일이 늘 힘들다. 제 마음에 들어온 마음을 느끼며 그냥 그 자리에 머문다. 그리하여 제 마음에 자라는 다른 마음들을 보는 일에 생을 건다. 너무도 자주 너무도 아프다. 다른 마음에겐 아무것도 아닌 찰과상이 이 마음의 찰과상엔 바람 한 줄기마저 소금 한 줌을 뿌리는 것과 같다. 하지만 그 마음이 또 얼마나 애틋한가. 인간의 오욕칠정 앞에 아무런 껍질을 두르지 않은 그 마음은 얼마나 깨끗한가. 그 순수를 만나기 위해 마음들은 또 얼마나 부지런히 그 마음을 맴도는가.

그러니 필요 이상으로 겪는다는 말은 합당치 않았다. 희생이란 말도 합당치 않았다. 제 맘대로 다 하려고 한다는 말도 합당치 않았다. 이기적이란 말도 전혀 합당치 않은 말이었다. 다만 '민감하구나', 하면 되는 거였다.

눈을 감고 우리는

갈림 길에서 헤어진 장남씨와 곰이네가 말할 수 없이 궁금해지는 때가 있었다. 이 세계의 시간 속에서 갑자기 벗어나는 그런 때엔 마음의 기미도 없이 눈물이 먼저 흘러나오곤 했다. 그럴 때면 나와 스테파노는 물론이고 테레사와 엄마도 함께 눈을 감았다. 이 세계의 입체인간들 모두 그림사람들 모두 그랬다. 보고 싶었으나 보이지 않았으므로 우리는 눈을 감아야 했다.

나는 틈틈이 장남씨의 섬섬씨를 찾아 엄마 앞의 세계를 벗어나곤 했지만 섬섬씨는 보이지 않았다. 섬섬씨와 장남씨가 다행히 서로를 만나 다시 함께 하늘을 날고 있는 거라고 이 세계에 없는 그들을 내 편한 대로 상상하곤 했다. 그들과 함께 하늘을 나는 곰이네 가족이 이 세계를 발견해서 다시 우리가 만나기를 희망하곤 했다.

그러나 추위가 혹독해선지 이 세계로 찾아오는 사람들은 더

욱 줄어들었고 장남씨도 곰이도 아직은 우리가 있는 곳을 찾지
못하고 있었다.

시간의 바다 위에서

우리는 무한히 펼쳐진 시간의 바다 위에서 함께 출렁거렸다.
그 바다는 너무나 광대하여 끝이 보이지 않았고 우리는 나아가
는지 정지해 있는지조차 알 수가 없었다. 다만 우리는 물 위에
떠서 함께 출렁거릴 뿐이었다. 우리가 탄 배가 잠시 멈출 기슭
같은 건 없었다.

이 세계를 가장 열심히 탐험하는 사람은 테레사였다. 테레사
는 자주 세계의 문을 열고 나가 (테레사는 저 문을 열 수 있었
다!) 꽁꽁 언 비둘기나 녹슨 동전, 무언지 알 수 없는 씨앗과 낡
은 신발 등 무엇이든 주워오곤 했다. 그러나 그러한 잡동사니가
이 세계에 딱히 유용할 것도 아니어서 테레사의 발견들이 시간
위에 떠 있는 이 배에서 우리를 내리게 하지는 못했다.

7. 기다리는 사람들

산타클로스의 헬멧에서

누가 띄운 마음인지 세계 안에 화창한 기운이 감돌던, 실제의 풍경이 있었다면 봄이라고 일컬어도 좋을 어느 날이었다. 빨간 오토바이의 전령사가 혼란의 기운도 없는 이곳에 나타났다.

"여러분, 나를 좀 봐주세요."

그의 큰 소리에 세계가 잠시 움찔 놀랐다가 여운을 남기며 다시 고요해졌다.

"아는 분들은 아시겠지만, 나와 같은 전령사는 원래 넷이었어요. 그런데 요즘은 셋 밖에 못 봤지요? 전령 하나를 우리가 잃어버린 걸 기억하는 분들이 있을 겁니다. 그에게서 소식이 왔습니다. 그는 살아있습니다. 좀 먼 곳에 있다고 합니다만, 조만간 우리는 그를 보게 될 것 같군요. 자 여기 그의 소식을 가지고 온 분을 소개하지요."

산타클로스는 옆구리에 끼고 있던 헬멧을 바닥에 내려놓았다.

곰이였다. 곰이가 살아 있었다.

내 곁에 앉아있던 테레사가 곰이를 향해 네 개의 손을 흔들었다. 처음에 약간 놀란 듯 앞 발 하나를 어정쩡하게 들고서 주위를 두리번거리던 곰이가 촐랑대며 우리들 앞으로 달려왔다.

곰이가 가져온 편지

우리의 세계를 훌륭히 보완해 줄 다른 세계가 있소. 우선 급히 이 소식만 전하오. 어떻게 해야 두 세계가 만날 수 있을지 열심히 모색하고 있으니 모쪼록 그림사람들을 잘 보존하도록 하시오.

우리들의 손에서 손으로 전해진 그 종이쪽지는 어느새 너덜너덜해져 있었다. 우리들은 모두 그림사람들 앞에 앉아 이 새로운 사실을 얘기하느라 바빴다. 우리들의 세계를 보완해 줄 수 있다는 건, 그림사람과 입체인간들인 우리 사이에 존재하는 함정들이 없는 세계일 거라고 우리는 모두 그렇게 믿었다. 그 함정

외에 이 세계에 더 보완이 필요한 건 없었으니까.

우리의 이 세계는 눈에 보이는 테두리가 없었으나 나는 종종 이 세계가 커다란 체육관 정도라는 생각이 들곤 했다. 그에 반해 왜 그런지는 알 수 없었지만 1초가 영원처럼 느리게 흐른다는 생각을 지울 수가 없었다.

특히 모두가 대화에 몰두해 서로를 갈구할 때면 더욱 그런 생각이 들었다. 그건 아마도 우리를 보존하기 위해 음식을 장만할 일이 없으니 부엌의 공간이 없어서일 터였다. 따로 안락한 침대를 갖지 않아도 얼마든지 아무데나 누우면 편히 잠들 수 있어서일 터였다.

이 세계에서 우리 입체들이 차지한 부피 외에 입체감을 띄는 건 화장실 두 개가 전부였으니. 서로가 나누는 대화에 우리가 가진 모든 시간을 쓰고 있었으니.

곰이와 테레사

뭐라고 할까, 배가 다른 이복의 형제들이지만 그 한 가닥의 핏줄로도 서로를 당기는 느낌? 곰이와 테레사는 세계의 곳곳을 돌아다니며 마음껏 놀았다.

내 앞의 마음에 열중하기 바쁜 누구는 쯧쯧 혀를 차기도 했으리라. 그러나 세계 안의 모든 것들이 그들의 흥겨움과 우정에 깊이 동조되었다는 건 부정할 수 없었다. 그림사람들도 그들을 좇느라 제 앞에 앉아 있는 마음들을 놓치곤 했으니까.

곰이와 테레사를 눈으로 좇던 엄마가 나에게 다시 눈길을 주었다. 언제나처럼 화사한 햇살보다 더 따뜻한 눈길이었다.

"미미야, 아직 추운 계절이로구나. 좀 더 따뜻한 스웨터가 필요하겠어."

엄마가 말했다.

"내가 스웨터를 짜볼게."

내가 말했다. 그러나 엄마는 고개를 가로저었다.

"저 녀석들 노는 것 좀 봐."

엄마가 테레사와 곰이에게 보냈던 눈길을 다시 나에게로 돌리며 말했다.

"우리의 전령들. 자랑스런 녀석들이지."

내가 맞장구를 쳤다.

"아빠는 언제 여기로 올까?"

엄마가 물었다.

"곧 올 거야."

내가 답했다.

"아빠가 오면 우리는 서로 안아볼 수 있겠지? 볼에 입을 맞추고 이마에도 입을 맞추고 서로의 등을 오래 토닥여 줄 수 있겠지?"

엄마가 웃으며 말했다.

"물론이지. 그러니 엄마, 그때까지 우린 여기서 즐겁게 씩씩하게 용감하게 같이 있자, 알았지?"

내가 엄마의 대답을 채근하자, 엄마가 힘없이 고개를 떨어뜨렸다.

"영호는 이제 병이 다 나은 것 같구나."

엄마가 말했다.

"그래요, 엄마. 오빠는 정말 훌륭한 전령이 될 거야."

내가 말했다. 이번엔 엄마가 고개를 끄덕여 내 말에 동조했다.

"저 밖에 봄이 오면, 엄마, 이 세계의 마당에 꽃씨를 뿌려요, 우리."

내가 말했다.

"그러자꾸나. 봄이 걸어오실 꽃길을 만들자꾸나."

엄마가 말했다.

"그리고 봄이 오면 사라진 그림사람들이 모여 있다는 그 무덤을 찾아볼래요."

내가 말했다.

"아무렴, 그래야지. 그래, 훌륭한 생각이로구나. 봄이 빨리 왔으면 좋겠구나."

엄마가 활짝 웃으며 다시 눈길을 테레사에게 보내고 있었다.

다시 이별

곰이는 산타클로스의 점퍼 안에서 우리를 바라보았다. 떠나는 곰이의 두 눈엔 울음과 웃음이 섞여 있었다.

짧은 만남이었으나 실체가 있어 쓰다듬고 안고 입맞출 수 있는 것과의 만남에서 이 세계는 부산스럽고 소란했다. 나는 겨우 곰이를 한 번 안아본 게 다였다. 곰이와 함께 노는 것보다 엄마와 이야기를 나누는 게 나는 더 좋았던 모양이었다. 곰이가 떠날 때가 되어서야 아쉬움이 한꺼번에 몰려오고 말았다.

그러나 이건 산뜻한 이별이었다. 언젠가 반드시 다시 만나 더 크게 떠들썩해지리라는 믿음을 주고 곰이는 떠났다.

전령사가 갈 수 있는 세계의 끝에서 곰이가 저쪽 세계를 어떻게 찾아가는지 누구도 알 수 없었다. 하여 곰이를 협박하거나 질투하는 자는 아무도 없었다.

내 품에 안겨 잠든 테레사를 받아 마루에 누이며 스테파노가 말했다.

"다 잘 될 거야. 당신이 있으니. 테레사가 우리와 함께 있으니."

기다림에 대해

나는 이제 기다림을 알았다. 지극히 좋은 것 앞에서 무너지는 게 아니라 꼿꼿이 서 있어야 한다는 걸 알았다. 내가 서 있어야 내가 가진 좋은 마음 위에서 세계가 마음대로 놀 수 있다는 걸 알았다. 마음이 놀아야 세계가 넓어진다는 걸 알았다. 세계가 넓어져야 만날 수 있는 마음이 있다. 그 마음은 바로 대재앙에도 살아남은 우리를 살게 하는 바로 그 마음이었다.

무너진 네 마음을 내가 일으키겠다는 바로 그 마음들이었다.

너무나 미안하고 미안하여 미안하다는 말을 할 수 없는 서로에 대한 연민이었다.

다섯 살 미미의 마루는 참으로 좋기만 한 나의 마음에 공포를 심어주었다. 어쩌면 이 좋음이 영원할 수 없다는 걸 엄마는 그런 노래로 상기한 것일 테다.

열다섯 살의 미미는 첫 소설에서 쉰이 넘은 저를 상상하며, 소심한 독신자인 자기가 (자기의 책들의 글자들처럼) 우주의 균형을 위해 쓰일까봐 역시 두려워했다. 이미 그 아인 예감을 했던 거였다. 우리 인생이란 게 우연과 불가사의를 넘어설 수 없다는 것을. 그래도 우리가 살아가는 건 왜일까, 그 아인 그 생각으로 나아가려던 저를 스스로 멈추었다. 제 몸보다 큰 질문

233

이었으므로.

스물다섯 살의 나는 재앙을 봤다. 재앙 앞에서도 살아남았다. 살아남아 그토록 피하고 싶었던 내 마음을 들여다보는 일에 몰두할 수밖에 없었다. 내 친구는 나밖에 없었으므로. 그러나 그때의 나는 내 아빠와 내 엄마로부터 받은 마음으로 자란 나였고 숲에서 만난 자전거 남자의 마음이었고 이미 건물의 잔해에 묻혀 죽은 현수의 마음이었고 내가 묻은 곰이의 마음이었다. 아빠 곰이를 꺼내 준 장남씨의 마음이었다. 그리고 영호 오빠의 하연 언니에 대한 변함없는 그 마음이었다.

나는 어떻든 살아나 그 마음자리를 살폈다. 대견한 일이었다. 스스로를 칭찬해도 좋을 일이었다.

이제 서른아홉의 나는 (세상에나! 이곳에서 우리는 벌써 10년을 보내고 있었다) 사람이 함께 살던 시기로 치자면 학부형의 나이였다. 학교는 따로 없었지만 우리의 테레사는 너무나 잘 자라주었고 이제 열 살이 된 테레사는 우리가 느끼지 못하는 세계를 감지하고 우리가 듣지 못하는 곰이의 말을 듣는다.

나는 여기서 아직 오지 않은 시간들을 기다린다.

나는 엄마를 안고 그 따뜻한 품에서 잠드는 걸 기다린다.

나는 다시 아빠의 연주를 기다린다.

나는 내 아이가 세계의 훌륭한 전령이 되기를 기다린다.

나는 당신을 기다린다.

사랑이란 게 얼마나 쓸쓸한지, 삶이란 게 얼마나 구차하며 또 얼마나 황홀한지, 우리가 함께 기거할 집을 가졌다는 게, 내 집에 당신을 맞이했다는 게 얼마나 벅찼는지, 나는 당신에게 말하지 못했다. 죽음으로 기우는 나를 잡아준 당신을 나는 여기서 기다리고 있다.

엄마와 마주앉은 당신의 등을 보며 그 쓸쓸한 등을 아직 내가 보고 있다는 자부심을 나는 오래 간직할 터다.

당신과 나 그리고 이 세계의 우리는 민감하다. 이 민감함이 밀어가고 저 세계의 균형이 함께 만나는 날, 우리는 서로에게 이렇게 말할 것이다.

고맙다. 고맙다.

우리가 그토록 원하는 세계를 내 생에서 맞이할 수 없다 해도 우리가 상대의 눈빛을 마주하여 열심히 심장을 돌리는 것은 바로 이 때문이다. 누군가를 무언가를 기다리고 있다는 것.

파티

어두웠으나 새해의 태양이 다시 떠올랐다.

이곳의 엄숙에 가까운 그리움의 분위기가 후끈후끈 달아오르는 날, 오늘이 바로 〈마음 깊은 곳에 머무는 날〉[6]이다. 오늘은 우리 모두가 흥겨움에 우리를 내맡기는 날이다.

그림사람들은 무대에서 입체인간들은 마루 위에서 흥겹게 춤을 췄다. 십 년 전 우리가 이곳에 오던 날이 바로 이 날이었다. 벌써 십 년의 세월이 지났다는 게 믿기지 않는다.

더욱 믿기지 않는 일은 우리가 눈을 감고 제 흥에 겨워 자기 안으로 눈길을 보내며 한참 자신에게 빠져들던 때에 일어났다. 반갑게도 오랜만에 이 세계의 문이 다시 열린 거였다.

오랜만에 열린 문으로 바람이 불어왔다. 그 바람이 먼저 우리의 마음을 흔들었다. 다음엔 우리를 다시 찾아 온 곰이로 인해 마음이 또 크게 흔들렸다. 곰이와 함께 온 사람을 보고 스테파노가 크게 소리를 질렀다. 세계는 반가움으로 걷잡을 수 없이 흔들렸다.

장남씨였다.

처음 우리가 이곳의 문을 열던 날의 그 분위기를 장남씨도 맛보고 있는 거였다. 잠깐 그는 어리둥절해 보였지만 이내 침착하게 스테파노를 발견했다. 그는 우리를 향해 서너 걸음을 옮겨오는가 싶더니 그대로 마루에 멈춰서고 말았다. 그림사람들이 착

착 물러나고 엄마가 그랬던 것처럼 섬섬씨가 무대 한 가운데에 나타났던 거였다.

장남씨가 섬섬씨를 향해 나아갔다. 그의 걸음이 흔들렸다. 나는 재빨리 장남씨에게 다가가 말했다.

"장남씨, 어떤 경우라도 섬섬씨를 만지면 안됩니다. 꼭 기억하세요."

"알고 있습니다. 걱정말아요."

장남씨는 이내 늠름한 걸음으로 성큼성큼 섬섬씨를 향해 나아갔다. 두 팔을 벌려 기다리고 있는 섬섬씨의 품으로 뛰어들까 봐 나는 여전히 걱정을 거두지 못했다. 걱정에 휩싸인 세계가 그들의 재회를 숨죽여 지켜보고 있었다.

우연이라는 천재

곰이를 따라 장남씨가 그 세계에서 이 세계로 넘어왔다. 그 세계를 다 뒤졌으나 섬섬씨가 없어서였다. 무참한 심정의 그를 위로하는 전령에게 사진을 보여주었다. 사진 속의 여인은 그 세계에서 아직 이리로 건너오지 못하고 있는 바로 그 전령이 구해준 여인이었다. 재앙의 날에 전령과 섬섬씨는 같은 버스를 타고 있었다. 옆에 나란히 앉아 있었다.

모두가 장남씨와 섬섬씨의 재회를 함께 했다. 이 세계가 흐느낌으로 오래 출렁거렸으나 전령이 와서 그 흐느낌을 단속하는 일은 없었다. 충만한 흐느낌을 잠재울 전령들조차 흐느끼고 있었기 때문이었다. 흐느낌 뒤에 이어지는 파티는 그래서 더욱 열광의 분위기에 휩싸이는 거였다.

이 세계엔 스스로 닫히며, 차원을 떨어뜨리며, 연인을 찾아오는 장남씨 같은 자가 있다. 우리는 장남씨를 바라보며 이 세계의 가능성을 믿었다. 나는 가만히 스테파노의 떨리는 손을 잡았다. 내 손을 꼭 쥐는 스테파노의 힘을 나는 믿었다. 내가 바른 문풍지에 바람이 애잔하게 떨고 있었다. 애타는 숨결로.

그 세계

꿈의 세계에서 날아온 사진 한 장에 우리는 들떠 있었다. 얼마든지 만지고 안고 비빌 수 있는 세계, 경계가 없는 세계에 브라우티건과 현수 그리고……, 그리고 아빠가 있었다.

세 사람이 어깨동무를 하며 예전에 내가 마셨던 워터멜론슈가산 와인이 틀림없을 음료를 마시고 있었다.

분명히 존재하는 세계였다. 아직 우리가 서로의 세계로 자유롭게 넘나들 순 없지만, 곰이는 우리들의 전령이 되고 있었다.

어떤 마음인지 알 길 없으나 입체인간인 장남씨가 곰이를 놓치지 않고 따라왔다는 것만으로도 우리는 이미 세계의 연결을 맛보는 중이었다.

이제 우리가 할 일은, 이 세계를 잘 사는 것. 우리들 그리움의 원천인 그림사람들과 잘 노는 것. 그리고 혹시라도 그들을 만지려는 우리들의 마음을 서로서로 단속해주는 것. 더 큰 세계를 함께 꿈꾸는 것, 그거였다. 저 세계의 소망과 우리의 소망을 잊지 않는 것. 노력하는 것, 그거였다.

전령의 전령

곰이는 이 세계의 말을 할 줄은 몰랐다. 그러나 우리에겐 테레사가 있었다. 테레사는 곰이의 말을 우리에게 통역해주었다. 그래서 우리는 곰이의 말을 하나도 놓치지 않고 들을 수 있었다.

곰이는 그곳에 가서 이곳을 죄 설명했다고 했다. 거기도 곰이의 말을 알아듣는 자가 있는 모양이었다. 그곳에서 이 세계로의 안부를 묻는 무수한 목소리를 곰이가 제 털에 모아서 장남씨와 함께 여기로 온 거였다. 이제 우리는 가만히 곰이의 털을 쓰다듬으면 되는 거였다. 그러면 저 세계의 목소리가 들려올 거라고 한다. 이 세계에 마음을 둔 자들의 목소리, 그리운 목소리를 이제 막 들을 참인 것이다.

가장 먼저 곰이의 털을 쓰다듬을 특권이 나에게 온 건 테레사 덕이었다. 우리 모두는 테레사가 두 세계를 연결할 자라는 것에 빠르게 쉽게 완벽하게 동의하고 있었고 그 연결자의 엄마인 나를 각별히 대해주고 있었다.

나는 가만히 곰이를 안고 녀석의 등을 쓰다듬었다.

하이, 미미. 거기엔 너 혼자가 아니라니 우선 안심. 거기로 가보겠다는 현수를 말리느라 우린 아주 진땀을 뺐다. 현수는 너무 호기심이 많아. 아주 무모해. 어쩔 수 없지. 얘는 내가 잘 돌볼게. 아, 반가운 소식이 있는데, 잠깐 이건 본인이 직접 말하는 게 좋을 것 같음.

세계에 울려퍼지는 어눌한 목소리에 모두들 출렁거렸다. 브라우티건의 목소리가 잠잠해지고 이윽고 우리 모두를 전율케 한 그 목소리가 들려왔다.

미미야, 아빠다.

아빠는 굉장히 중요한 마음을 전할 때면 늘 그랬던 것처럼 큼,

기침을 한번 하더니 다시 말하기 시작했다.

아빠는 미미를 너무너무 사랑해. 아빠는 엄마를 너무너무 사랑해. 아빠는 그곳에 있는 모두를 너무너무 사랑해. 그러니 우리 열심히 만나기 위해 애쓰자.

꼬맹인 줄 알았는데 아기 엄마가 되었다니, 그걸 가장 축하하자.

할 말을 아끼겠다. 내 뒤에 줄이 길단다. 그리고 우린 이미 말의 한계는 넘어섰잖니?

마음이 마음으로 전하는 말을 미미는 볼 수 있으니까 지금 아빠 마음도 잘 보이겠지?

사랑한다.

엄마에겐 따로 안부전할 테니, 괜히 엄마한테 거짓 안부 전하지 말고.

꼭 다시 보자, 내 딸.

기어코 세계가 또 다시 출렁거렸다. 통곡을 참느라 떨리는 어깨들은 그림사람을 건드리지 않도록 조심해야 했다.

흐르는 물처럼

세월은 쉼 없이 우리 곁을 스쳐갔다.

조심하고 또 조심했으나 이 세계는 점점 작아지고 있었다. 테두리가 보이지 않는 체육관 정도가 아니라 예닐곱 걸음만 옮겨도 서로를 다 볼 수 있을 만큼.

아빠의 안부를 받던 〈마음 깊은 곳에 머무는 날〉이 여섯 번이 더 지났어도 아빠는 여전히 거기에 있었다. 아빠가 있는 세계와 우리는 아직도 만나지 못하고 있었다. 무엇이 그쪽과 이쪽을 만나게 할 수 있는지 몰라서 우리는 애가 탔다. 와중에도 세월은 유수와 같이 흘러가고 있었다. 세월에 닿지 않고 싱그럽게 커나가는 건 오로지 테레사뿐이었다. 테레사와 떼려야 뗄 수 없는 동무가 된 곰이는 자유롭게 언덕들을 넘어왔지만 우리들은 그리고 그들 역시 누구도 우리들의 그리고 그들의 첫 언덕 이상을 곰이와 함께하지 못했다.

아, 세계란 무엇인가?

우리는 몇 남지 않은 서로를 바라보며 그렇게 묻곤 했다.

커다란 걸음

수년 만에 세계의 얼어붙은 나무들에서 촉이 트는 기미가 보였다. 눈꼽보다도 작은 촉이었지만 우리는 촉이 나오는 기미를 감지했다. 하늘은 잿빛에서 푸른빛으로 서서히 맑아지고 있었다.

세계의 문은 이제 자주 열렸다. 혹독한 추위가 많이 누그러진 까닭이었으나 열여섯 살 테레사(이유를 알 수 없었지만 열여섯 살이 되었어도 테레사의 몸은 다섯 살 아이 정도였다)의 잦은 외출 또한 한 몫을 담당했다.

"엄마, 그림사람들의 무덤을 찾았어요."

안으로 들어오며 테레사가 말했다.

"엄마, 우리가 찾았어요."

가쁘게 숨을 몰아쉬며 곰이가 말했다.

이젠 나도 곰이의 말을 들을 수 있게 되었는데, 곰이는 나를 엄마라고 불렀다.

"곰이를 따라갔다 오려고 해요. 저 언덕 너머의 세계를 다녀 올께요."

테레사가 말했다.

"할아버지를 만나고 올께요. 만나서 우리가 찾은 그림사람들의 무덤에 대해 말해야겠어요."

테레사가 말했다.

"길이 힘들 텐데. 장남아저씨도 두 번은 못한 일인데. 아직 너를 보낼 수는 없어."

내가 말했다.

"엄마, 이 세계가 다 사라지기 전에 가야해요."

테레사가 말했다.

"엄마, 내가 테레사를 잘 돌볼 테니 허락해주세요."

곰이가 내 바짓가랑이를 잡고 애원했다. 그러나 나는 선뜻 허
락할 수가 없어 스테파노를 바라볼 뿐이었다. 그는 허락의 표시
로 고개를 끄덕였다.

테레사는 우리 입체인간들과는 다른 걸음을 걸었다. 똑바로
걷는 게 아니었고 빠르지도 않았지만 우리는 삐뚤빼뚤한 테레
사의 걸음이 찾은 많은 것들을 기억한다. 초기에 찾은 무수한 잡
동사니는 차치하더라도 테레사가 찾아낸 목록은 무수했다. 숨겨
져 있던 식당을 찾았고, 감춰져 있던 밭들을 찾아낸 그 걸음이
마침내 그림사람들의 무덤마저 발견한 거였다. 그래서 우리 눈
에는 조금 기괴한 테레사의 걸음걸이를 우리 마음은 커다란 걸
음이라고 받아들이고 있는 거였다.

아주 늙은 산타클로스가 늙어가고 있는 스테파노에게 빨간
오토바이의 열쇠를 넘겨주었다.

"늙으면 세계가 줄어들거든."

산타클로스가 말했다.

이제 늙은 전령은 스테파노의 낡은 자전거를 탈 거였다. 그러나 이미 스테파노 역시 늙음에 들어서고 있었다.

전령의 오토바이를 타게 된 스테파노는 자기가 갈 수 있는 곳까지 테레사와 곰이를 태우고 갈 거였다. 우리는 스테파노의 품에 안긴 테레사와, 스테파노의 허리춤을 잡고 앉은 곰이를 문 앞에서 배웅했다. 그들은 그림사람들의 무덤을 둘러본 뒤에 저 세계로 나아갈 거였다.

나는 그들을 따라가고 싶었지만 스테파노가 막았다. 세계 밖에서 테레사를 배웅하는 게 더 힘들 거라는 그의 말에 나는 고개를 끄덕이지 않을 수 없었다.

장남씨가 내 어깨를 가만히 안아주었다. 영호 오빠가 잠깐 휘청댔지만 바닥에 쓰러지진 않았다. 오빠가 다른 세계를 기웃거리는 시간은 이곳에 온 뒤 급격히 줄어들고 있었다. 다행이었다. 사람이 모여 살던 시대의 말을 빌리자면 오빠의 병은 치료되고 있었다. 어느새 오빠도 내 곁에 와서 내 손을 잡고 멀어지는 오토바이를 바라보고 있었다.

우아한 고통

언덕 아래에 오토바이가 멈추었다. 다정한 눈으로 테레사와 곰이를 바라보던 스테파노가 가만히 입을 열었다.

"젊은 친구들, 너희와 여기서 작별해야 하는구나. 고통스럽구나. 고통스럽다는 건 고통의 그 원인을 가장 열망하기 때문이지. 열망을 꽉 채울 수 없어 빈 공간에 고통이 자라나는 거지. 고통이 없는 게 과연 행복일까?

지금 우리는 '당신이 있어 행복하다'보다는 '당신이 있어 고통스럽다'에 놓여 있지. 우리들을 최선으로 지켜가고자 하는 우아한 고통에 놓여 있는 거지. 상대가 나를 파괴하며 나를 의기소침하게 하며 거칠게 만들어 나 자신을 깨트리는 그런 건 우리가 말하는 우아한 고통이 아니지. 서로가 잘 보살펴지길 바라는 열망이 만든 고통, 그렇게 우아하게 승화된 고통만이 고통이라 말해질 수 있단다.

어쩌면 아름다움에 이끌린 우리 모두는 우리의 육감에다 바로 이 우아한 고통을 제대로 넣어야 하는 운명을 지닌 사람들인 거지. 지극한 기쁨이자 지독한 슬픔을 동시에 맛보는 이 운명을 너흰 자연스럽게 받아들였지. 그런데 나는 머리칼이 희끗희끗해져서야 겨우 견디며 발돋움을 하는구나.

욕심과 두려움을 버려야 자유롭다는 걸 이제야 알았구나.

아이들아, 하늘에 아름다운 별이 떠 있으면 솟구쳐 그걸 따라. 그 별을 잡으려고 너희가 몸을 솟구칠 때 너희가 나락으로 떨어지지 않도록 이 스테파노의 긴 손이 너희를 잡아줄게.

아무도 경험하지 못한 세계로 나아가는 너희를 이 하늘이 돕고 있다는 걸 믿자꾸나."

스테파노가 순결하고 고요한 목소리로 다시 세상을 칭찬하기 시작했다.

"언젠가 내셔널지오그래픽을 보다가 바람에 출렁대는 고대의 밀 이삭을 만난 적이 있었다. 밀 이삭을 흔드는 아득히 먼 시절의 바람이 감각되는 신비감을 맛봤단다. 그때 난 다른 몸이 된 것 같았다. 사물이, 역사가, 사람이 달리 보였단다. 언제고 어디서고 우리를 느낄 수 있다는 것을 경험했지. 모두의 안부를 물을 수 있을 만큼 우리의 감각과 사유는 무한히 확장될 수 있다는 걸 믿게 되었지. 그러니 보이지 않아도 느낄 수는 있단다. 서로가 서로에게 안부를 전할 수 있단다. 그게 우리가 사는 이유란다."

스테파노가 테레사와 곰이를 품에 안았다. 그의 긴 속눈썹이 파르르 떨렸다. 태양에 이끌리는 나무처럼 스테파노의 키가 점점 자라나고 있었다. 바람이 고요하게 불어왔다. 속 깊은 바람이 잠시 그들을 그렇게 어루만졌다.

세계의 언덕에서

첫 번째 언덕에서 스테파노는 다시 돌아갔다. 아직 그는 여기까지였다. 멀어지는 스테파노의 오토바이를 바라보며 테레사와 곰이 언덕 아래를 내려다보고 있었다.

유리로 된 거대한 건물 하나가 눈 쌓인 평원에 세워져 있었다. 연녹색 불빛이 새어나오고 있었다. 테레사가 불빛을 내려다보며 말했다.

"어쩌면……, 이 그리움이 생겨나게 하려고 세상이 무너져 내린 건지도 몰라."

테레사가 곰이에게 눈길을 돌리며 말했다.

그들은 천천히 다른 언덕을 향해 걸어갔다. 아주 느린 걸음이었으나 테레사의 걸음이었다.

움벨트(Umwelt)

내가 갈 수 있는 공간의 범위. 끝.

동물마다 느끼는 세계감각.

인간의 움벨트는 한참 격차가 났었다. 세계여행을 두루 한 노신사와 70평생 나고 자란 마을에서 늙어가는 농부는 엄청나게 다른 세계 감각을 지니고 말았다. 하지만 재앙은 인간들의 움벨트를 거의 똑같게 만들었다.

아마도 우리는 우리의 움벨트를 확장하려고 문자라는 강력한 수단을 사용했던 것 같다.

그래왔던 것 같다.

나는 테레사가 떠난 그 세계, 아빠가 있는 그 세계를 상상하며 글로 그 세계를 그려보곤 한다. 내 글이 옳던 그르던 그건 별로 중요하지 않다. 내 상상의 세계를 남겨보는 것이다. 돌아올 아빠를 위해. 그리고 우리의 딸 테레사를 위해.

엄마의 노트 1602

문자라는 것에 대해 생각해본다.

공동의 생활이란 건 역사 이전에나 유용했을 것이다. 체육관이나 교실 같은 넓은 곳에서 공동으로 생활한다는 건, 찜질방도 그렇고, 오직 살기위해 정신이나 분별을 당분간 거둬야 한다는 뜻에 다름 아니다. 분별을 거둔다는 건 글자생활을 하고 있는 역사시대의 우리들에게 언제나 난감함을 동반한다. 우리의 존재는 글자시대 이후 급격히 달라졌다. 다만 목숨을 부지하기 위해 존재하는 나를 더 이상 참을 수 없게 된 것이다.

글자는, 우리들 삶의 완충지대 혹은 점이지대였으므로.

나는 무엇인가.

우리는, 나란 존재를 탄생시킨 무수한 글자들의 세계 안에 자연스럽게 놓이고 말았다. 그러니 엄밀히 말해 글자가 계속 유용하다면 우리들의 실감은 죄 거짓이다. 실감은 아주 단순하며 직접적인 까닭이다. 어쨌든 글자 시대 이후를 사는 인류가 나만의, 각자의 오두막을 갖는 건 바로 나를 지키기 위해서다. 나라는 몸과 나라는 마음이 놓일 오두막이 없으면 우리의 정신은 곧 무너진다. 정신이 무너지면 세계도 무너진다. 자연의 이치에 거스르는 국면이지만 우리는 이렇게 진화하였다.

문자는 그토록 강력하여 우리는 나만의 오두막이 필요하게 된 것이다.

각자의 오두막이 세워진 세계, 충분히 자유롭고 충분히 윤리적인 세계, 이 세계를 위해 문자를 사용해야 할 것이다.

손이

〈마음〉을 쓰기 시작했다. 〈마음〉이 손을 풀어주고 있었다.

다시, 노래

- 미미, 용감하고 씩씩한 우리 미미

  네 예감은 언제나 잘 맞지

  봄이 오리라 봄은 힘이 세니까

  봄볕처럼 살리는 기운

  봄비처럼 살리는 기운

  미미는 알았지 미미는 알았네

  미미, 씩씩하고 용감한 내 사랑

  미미는 안다네 봄의 전령을

  미미가 쥐고 있는 펜에서

  봄이 오고 있네 우리들 봄이

  미미가 펼쳐놓은 노트에

  봄이 와 있네 모두의 봄이

  모두를 살리는 저 봄볕

  모두를 키우는 저 봄비

  저기서 오네 손짓하며

  이리로 오네 오고 있네

엄마의 노래가 들려왔다.

곁에서 아빠가 기타를 쳤다.

지나가던 바람이 마루에 놓인 촛불을 흔들었다.

에필로그

"그 안의 마음이다. 역시 그 안의 마음이다. 또한 그 안의 마음이다." 집이 답했다.

테레사는 집의 소리에 귀를 기울이며 고개를 끄덕였다. 테레사 역시 같은 생각을 하고 있었기 때문이다.

테레사는 마루로 올라가 촛대위에서 일렁이는 촛불을 끈다. 마루를 지나 윗방으로 들어간다. 창문을 닫고 나오며 두 짝의 창호문을 닫는다. 아랫방의 창문을 닫는다. 두 짝의 창호문을 닫는다. 주방으로 다시 내려와 뒤란으로 난 뒷문을 닫고 천천히 걸어가 우물이 보이는 창문을 닫는다. 마루로 올라가 새시문 두 개를 닫은 뒤 다시 주방으로 내려와 주방을 한 바퀴 둘러본다.

텅 비어 있다.

테레사는 식탁에 가만히 앉아본다.

극심한 허기가 몰려온다.

그러나 테레사는 앉았던 식탁 의자를 안으로 밀어둔 뒤 현관을 나선다. 이 집의 마지막 문을 닫는다. 마당으로 내려서며 댓돌과 작별 인사를 나눈다.

마당을 총총히 걸어 나가기 전에 그는 등을 돌려 모두의 민감한 마음을 받아주던 집을 뒤돌아볼 참이다.

그런 뒤에 그는 다시 거기로 갈 것이다. 그를 기다리는 그 곳으로. 그를 기다리느라 아직 식사를 하지 않고 있을 이들과 함께 이 극심한 허기를 달랠 것이다.

주

1) 허먼 멜빌, 『필경사 바틀비』의 바틀비.

2) 리처드 브라우티건, 『워터멜론슈가에서』의 워터멜론슈가.

3) 무라카미 하루키, 『1Q84』에서 차용함.

4) 「원형의 폐허들」에서, 꿈을 꿔 자식을 만드는 도인(道人)을 그린 보르헤스.

5) 존 쿳시, 『페테르부르그의 대가』의 한 구절.

6) '1월'을 뜻하는 인디언들의 명칭에서 차용함.

작가의 말

이 글을 쓰던 지난 가을을 잊지 못할 것이다.

가을 햇살이 가득한 마당을 서성대다 만난 그 마음을 잊지 못할 것이다.

테두리만 남은 마음이 그 햇살을 차곡차곡 담아내던 그 순간들을 잊을 수 없다.

글을 쓰며 나는 순해졌고 조금 더 고독해졌다.

잊지 않겠다.

2013년 2월, 봄의 문턱에서

윤이주